Ibrahim al-Koni

Blutender Stein

Roman aus Libyen

Aus dem Arabischen von Hartmut Fähndrich

Lenos Verlag

Arabische Literatur im Lenos Verlag
Herausgegeben von Hartmut Fähndrich

Der Übersetzer
Hartmut Fähndrich, geboren 1944 in Tübingen. Studierte Vergleichende Literaturwissenschaft und Islamwissenschaft in Deutschland und in den Vereinigten Staaten. Seit 1972 in der Schweiz, seit 1978 Lehrbeauftragter für Arabisch und Islamwissenschaft an der ETH Zürich. Für Presse und Rundfunk tätig.

Die Übersetzung aus dem Arabischen wurde unterstützt durch die Gesellschaft zur Förderung der Literatur aus Afrika, Asien und Lateinamerika e.V. in Zusammenarbeit mit der Schweizer Kulturstiftung Pro Helvetia.

Titel der arabischen Originalausgabe:
Nazîf al-ḥağar

Satz und Gestaltung: Lenos Verlag, Basel
Lektorat: Andreas Tunger-Zanetti
Umschlag: Anne Hoffmann Graphic Design, Basel
Foto: Olivier Martel/GAMMA
Printed in Germany
ISBN 3 85787 244 6

Kein Getier gibt's auf der Erde und keinen Vogel, der mit seinen Schwingen fliegt, die nicht wären Völker gleich euch.
Koran, Sure VI, Vers 38

Und es begab sich, da sie auf dem Felde waren, erhob sich Kain wider seinen Bruder Abel und schlug ihn tot.
Da sprach der Herr zu Kain: Wo ist dein Bruder Abel?
Er sprach: Ich weiss nicht; soll ich meines Bruders Hüter sein?
Er aber sprach: Was hast du getan? Die Stimme des Blutes deines Bruders schreit zu mir von der Erde.
Und nun, verflucht seist du auf der Erde, die ihr Maul hat aufgetan und deines Bruders Blut von deinen Händen empfangen.
Wenn du den Acker bauen wirst, soll er dir hinfort sein Vermögen nicht geben. Unstet und flüchtig sollst du sein auf Erden.
1. Mose IV, Verse 8–12

Die steinerne Ikone

Immer wenn er sich zum Gebet anschickt, tollen die Ziegenböcke nur allzu gern vor seinem Gesicht herum. Wenn sich der Abend senkt und die lodernde Scheibe von ihrem Thron am Himmel herabsteigt, sich verabschiedet und für den folgenden Tag ihre Rückkehr androht, um die Aufgabe zu vollenden, all das zu verbrennen, was zu verbrennen sie heute nicht vermocht hat, dann steckt Assûf seine Arme in den Sand des Wadis und beginnt, das Nachmittagsgebet zu verrichten.

Als er das Dröhnen des fernen Motors hörte, beschloss er, schnell noch Gott das Seine zukommen zu lassen, bevor die Christenmenschen eintrafen, die immer kamen, um die Felszeichnungen zu besichtigen, und die im Wadi zu empfangen ihm im Verlauf der letzten Jahre zur Gewohnheit geworden war. Aber der Teufel reitet die Ziegenböcke, und es macht ihnen Spass, vor ihm genau in dem Augenblick herumzutollen, in dem er Gott anruft und Allâhu akbar spricht und die Fâtiha, die „Eröffnende", die erste Sure des Korans, murmelt. Es ist, als wollten sie mit ihren Hörnern prahlen oder zeigen, wie wacker sie sich stossen können. Die Unruhe unter den Böcken verursachte heute eine kesse Ziege, die sich schon seit dem Morgen von einem hartnäckigen Böckchen verfolgen liess, das ständig an ihrem Hintern herumschnüffelte und unermüdlich versuchte, sie zu besteigen. Das weckte die Eifersucht der anderen Böcke, die sich zusammenscharten und, bewaffnet mit ihren langen Hörnern, zu kämpfen begannen.

Er unterbrach sein Gebet und verfluchte den Teufel. Dann ging er, um angesichts des Hauptfelsens im Wadi Matchandûsch seine Pflicht zu erfüllen. Dieser Felsen ragt am Westende des Tals auf, dort, wo es mit dem Wadi Ainesîs zusammentrifft und die beiden dann gemeinsam ein breites, tiefes Wadi bilden, das gegen Nordwesten abfällt, bis es in Massâk Mallat in den Grossen Abarhôh mündet.

Mit dem gewaltigen Felsen endet die Höhlenkette. Er steht am Abschluss wie ein Eckstein, über Jahrtausende erbarmungsloser Sonne ausgesetzt und mit den wundervollsten Zeichnungen des prähistorischen Menschen in der ganzen Sahara geschmückt. Über die gesamte Höhe des Felsens erhebt sich riesig der Priester. Er verbirgt sein Gesicht hinter jenem rätselhaften Schleier und fasst mit seiner rechten Hand den Mufflon, der neben ihm steht, würdevoll, trotzig und, wie der Priester selbst, das Haupt erhoben gegen den fernen Horizont, wo jeden Tag die Sonne ihre grellen Strahlen über beider Gesicht giesst.

Über Jahrtausende hinweg haben der gewaltige Priester und der heilige Mufflon ihre eingemeisselten Züge bewahrt, klare, tiefe, erhabene Züge, die aus den reglosen Felsen sprechen. Eingemeisselt in den kahlen Stein, blickt der Priester herab, steht da in seiner natürlichen Grösse, scheint aber höher und mächtiger. Er neigt sich ein wenig dem heiligen Mufflon zu, der grösser ist als in Natur.

Natürlich war es Assûf früher, in seiner Jugend, wenn er mit seiner Herde durch das triste Wadi zog, nie in den Sinn gekommen, diese Felszeichnungen könnten eine solche Bedeutung haben. Inzwischen wusste er es, nachdem sie zum Mekka der Christentouristen geworden waren. Sie kamen aus fernen Ländern, durchquerten mit Geländefahrzeugen die Wüste, um den Fels zu sehen, und rissen angesichts seiner Herrlichkeit, Schönheit und Rätselhaftigkeit den Mund auf. Ja, einmal hatte er eine Europäerin vor dem Felsen auf die Knie fallen und wirres Zeug stammeln sehen, von dem er genau wusste, dass es die Gebete der Christenmenschen waren.

Zeichnungen schmücken die Felsen der Berge und die Höhlen auch in den anderen Wadis in ganz Massâk Satfat. Schon als kleiner Junge hatte er sie entdeckt, wenn er sich mit der unfolgsamen Herde müde gelaufen hatte und in den Höhlen Zuflucht und Schutz vor der Sonne und einige Augenblicke der Ruhe suchte. Dann vertrieb er sich die Zeit damit, die farbigen Zeichnungen zu betrachten: Jäger mit seltsam ovalen Gesichtern, die hinter vielen Tieren her rannten, von denen er nur den Mufflon und die Gazellen und den wilden Büffel kannte. Auch nackte Frauen mit grossen, übergrossen Brüsten gab es auf den Felsen. Dieser Anblick brachte ihn zum Lachen. Er stellte sich vor, wie eine solche Brust die Frau bei jedem Schritt und jeder Bewegung behinderte. Da lachte er sich halbtot, und tief in den geheimnisvollen Höhlen hallte es wider.

Dann entdeckte er, als er hinter den Ziegen die Berge hinaufkletterte, weitere Zeichnungen. Er sah auf den Felswänden abstossende Gesichter, wie die der Ghule, der Wüstengeister, und hässliche Tiere, wie es sie in der Wüste nicht gibt. Warum ihm wohl seine Mutter noch nie davon erzählt hatte? Nicht einmal in den Märchen. Auch aus dem Munde seines Vaters hatte er nie davon gehört, bevor dieser bei jener schrecklichen Verfolgungsjagd mit dem besessenen Mufflon zu Tode kam.

„Das sind die alten Höhlenbewohner", erklärte ihm seine Mutter, „die Urahnen."

„Aber du hast doch gesagt, die Höhlen wären von Dschinnen bewohnt?"

Sie schaute ihn überrascht an, lächelte. Dann neigte sie sich, den Milchsack hin und her stossend, mal nach rechts, mal nach links.

Er liess nicht locker. „Waren unsere Ahnen denn Dschinnen?" wollte er wissen und wiederholte, als er in ihren Augen ein verstecktes Lachen bemerkte, seine Frage.

„Frag doch deinen Vater!" schalt sie ihn verärgert.

Er fragte seinen Vater, der lachte und meinte: „Vielleicht waren sie ja Dschinnen, aber solche von der guten Sorte. Die Dschinnen sind wie die Menschen. Man teilt sie in zwei Stämme ein – einen aus guten und einen aus bösen. Wir gehören zum Stamm der Dschinnen, die das Gute gewählt haben."

„Wohnen wir deshalb allein?"

„Ja, genau deshalb. Wenn du nämlich böse Nachbarn hast, wirst du auch böse. Wenn jemand das Gute will, muss er sich von den Leuten fernhalten, damit er keinen Schaden nimmt. So machen es auch diese Dschinnen. Sie haben sich schon vor langer Zeit in den Höhlen eingerichtet, um das Böse zu meiden. Hörst du sie nicht, wenn sie sich in Mondnächten unterhalten?"

„Warum machst du dem Jungen mit diesen nächtlichen Dschinnengesprächen Angst?" unterbrach seine Mutter. „Es ist wohl besser, du gehst jetzt das Kamel melken und bringst mir die Milch noch vor dem Abendessen."

Als der Vater lachend gegangen war, das Kamel zu

melken, sagte Assûf zu seiner Mutter: „Ich höre jeden Tag in den Höhlen, wie sich die Dschinnen unterhalten. Sie sagen ganz komische Dinge. Manchmal kommen sie sogar auf die Idee zu singen. Ich habe keine Angst vor Dschinnen."

Sie lachte und warf ein paar Holzstücke ins Feuer. Und er ergötzte sich weiterhin an den Gesichtern der Dschinnen in den Höhlen der Berge.

Er floh vor der Hitze und suchte, schwer atmend, Schutz in den Gewölben der Felsen. Legte sich eine Zeitlang hin und kroch dann zu der Felswand, wo er sich, auf der Suche nach den in Stein geritzten Linien, daran machte, die Staubschichten wegzuwischen. Er wischte und wischte die reglosen Wände, bis die vermummten oder ovalen Gesichter herabschauten oder die Tiere sichtbar wurden, die vor den Pfeilen der vermummten Jäger fliehen: Mufflons, Gazellen, Büffel und viele andere Tiere, riesig und langbeinig, wie er sie in seiner Wüste nie gesehen hatte.

Dann gab er den Tälern, den Klippen und den Bergen die Namen der auf die Felswände gezeichneten Figuren: Gazellental, Jägerklippe, Mufflonberg und Hirtenebene. Schliesslich entdeckte er den Grossen Dschinn, der neben seinem majestätischen Mufflon steht, in Gebetsrichtung, dem Aufgang der Sonne entgegenblickend, in ewigem Gebet Allâhu akbar rufend.

Das war damals, als er seiner kecksten Ziege hinterherlief. Sie hatte sich von der Herde entfernt und war das triste Wadi Matchandûsch hinabgelaufen. Er rannte hinter ihr her, bis er sie bei der Einmündung des Wadi Ainesîs bemerkte, dort, wo die beiden Täler gemeinsam einen tiefen majestätischen Fluss bilden. Er setzte seinen beschwerlichen Marsch durch die trockene Wüste fort in Richtung Abarhôh-Ebenen. Dort befindet sich, gekrönt von gewaltigen Felsen, eine Anzahl Höhlen. Den Abschluss dieser Felsenreihe bildet jener Felsen, der, einem hohen Gebäude gleich, zum Himmel aufragt – wie eine Statue, von den Göttern selbst errichtet. Der vermummte Dschinn mit seinem heiligen Mufflon bedeckt das riesige Felsstück von oben bis unten. Lange blieb er stehen und betrachtete das Bild. Dann versuchte er hinaufzuklettern, um den magischen Dschinnenschleier zu berühren. Doch er vermochte es nicht. Der Weg zum Felsen ist mit Geröll gesäumt.

Er versuchte es ein weiteres Mal, krallte sich an den glatten Felsen fest, doch da brachen unter seinen Füssen ein paar Steine weg, und er stürzte hinab ins Wadi. Er wand sich vor Schmerzen und kroch auf allen vieren weiter, auf der Suche nach Schatten unter einem hohen, grünen Akazienbaum mitten im Wadi. Sein Herz schlug heftig, der Schweiss lief an ihm herab. Doch wie gross war seine Überraschung, als er den Baum erreicht hatte – es gab keinen Schatten. Trotzdem legte er sich darunter und wartete auf den Untergang der erbarmungslos brennenden Sonne.

Am folgenden Morgen musste er entdecken, dass die kecke Ziege, die die Herde verlassen hatte und ihn zur Höhle des Grossen Dschinns geführt hatte, in der Nacht von einem Schakalwolf gerissen worden war. Da erinnerte er sich, wie die Akazie ihn gemieden und ihren Schatten zum Rückzug veranlasst hatte, als er darunter nach seinem Sturz vom Felsen Zuflucht suchte.

Das Gebet vor dem Götzenbild, dem Wächter

Er beendete sein Gebet, warf den Kopf nach hinten und folgte mit den Augen der Wand, die vor ihm aufragte. Der Grosse Dschinn segnete ihn, sein geheimnisvoller Blick drückte, durch den Schleier hindurch, Zufriedenheit und Ruhe aus. Der majestätische Mufflon, gekrönt von zwei gewundenen Hörnern, pflichtete seinem Gott bei und gab zu verstehen, dass das Gebet angenommen war und er die Gnade des Herrn des Heiligtums gefunden hatte.

Assûf wusste nicht, dass er die falsche Richtung gewählt und seine Niederwerfungen nicht zur Kaaba, zum Heiligtum Gottes in Mekka, hin vollzogen hatte, sondern nur gegen die über seinem Kopf aufragende steinerne Gestalt.

Das Dröhnen des Autos kam näher. Er erhob sich, um die Ziegen zusammenzutreiben, bevor die Touristen ankamen und der Abend hereinbrach. Die Tiere waren weggelaufen, einige ins benachbarte Wadi, andere hoch auf die Berge hinauf, wo sie zwischen den Felsen nach Gras suchten und die Böcke mit unermüdlichem Eifer den kecken Ziegen hinterherjagten.

Er würde die Ziegenherde schon noch zusammenbringen, bevor die Gäste da waren. Wenn in der Wüste ein Motor nahe klingt, bedeutet das nicht, dass das Auto auch wirklich schon nahe ist. Geräusche in der Wüste sind trügerisch. Am frühen Morgen und am späten Nachmittag trägt die Stille den fernsten Ruf heran und verwandelt ihn in einen lauten Schrei.

Er erinnerte sich. Vor vielen Jahren waren die Männer der

Altertümerverwaltung mit einer ganzen Autokarawane gekommen und hatten die Nacht im Wadi Matchandûsch verbracht. Ein alter hellhaariger Italiener war bei ihnen, den sie ihm als berühmten Archäologen vorstellten. Gross war er, hager und weisshaarig, schützte seine Augen mit einer riesigen schwarzen Brille vor dem Sonnenlicht und machte Notizen in ein Heft, das er nie aus der Hand gab. Dazu sprang er den ganzen Tag über leichtfüssig und flink wie die unartigen Böcke zwischen den Felsen herum und erklomm die Berge mit einer Behendigkeit, die nicht zu seinem Alter passte.

Am Abend verspeisten sie eine Gazelle, die sie von Massâk Mallat mitgebracht hatten, und am nächsten Morgen schenkten sie ihm Sardinen, Thunfisch, Dosenmilch und einen Fladen weisses Brot. Der Beamte von der Altertümerverwaltung erklärte ihm: „Von heute an bist du der Wächter des Wadi Matchandûsch. Du bist unser Auge hier. Viele Leute verschiedener Nationalität und Religion werden kommen, um die Zeugnisse der Vergangenheit zu besichtigen. Du wirst sie begleiten, damit sie keine Steine stehlen und die Felsen nicht kaputtmachen. Diese Felsen sind nämlich ein grosser Reichtum, und die Zeichnungen sind der ganze Stolz unseres Landes. Halt die Augen offen. Sie sind raffgierig. Sie klauen unsere Steine und verkaufen sie bei sich zuhause für Riesensummen. Lass sie nie aus den Augen! Du bist der Wächter." Dann winkte er müde mit der Hand und holte aus seiner Tasche zehn Pfund. Er steckte sie ihm in die Tasche seines weiten Gewandes und erklärte: „Das ist ein Vorschuss. Wir werden dir monatlich etwas bezahlen. Ja, du wirst ab jetzt von der Altertümerverwaltung einen Monatslohn beziehen. Weisst du, was das heisst, von der Regierung einen Lohn zu beziehen?" Er winkte nochmals mit der Hand. Sein Blick wurde noch gequälter.

Assûf gab ihm die zehn Pfund zurück. Dafür hätte er keine Verwendung, meinte er. „Ich bewache das Wadi. Ich bewache alle Wadis von Massâk Satfat, auch ohne Geld. Was soll ich hier mit Geld?"

Der Mann lachte nervös und versuchte, ihn zu überzeugen: „Aber das ist nicht zulässig", sagte er. „Du musst Geld kriegen, wenn du angestellt bist. Darauf hast du Anspruch. Das stammt von der Regierung. Ein Lohn. Du bist ein Wächter. Du bist ein Angestellter. Wie soll ich dir das erklären?" Er gab ihm noch mehr Konserven und verliess mit seiner Schar das Tal, und seither hatte Assûf sie nicht mehr gesehen.

Nur noch an den Blick des Beamten der Altertümerverwaltung erinnerte er sich. War er mitleidig? War er gequält? Drückte er Hilflosigkeit aus? War er mitleidig und gequält zugleich, wegen seiner Unfähigkeit, ihm einen Lohn aufzudrängen? War der Beamte müde und erschöpft? Vielleicht war es auch seine erste Fahrt durch die Wüste, und diese hatte ihn ermüdet. Der Italiener jedenfalls war viel lebhafter und munterer und zeigte mehr Interesse an den Steinen.

Seit jenem Tag tröpfelten die Besucher in das seit Jahrtausenden vergessene Wadi. Sie kamen in Gruppen, etwa alle zwei Wochen eine, manchmal auch nur eine im Monat. Selten blieben sie länger als einen Monat aus.

Es waren alles Ausländer, Männer und Frauen, Alte und Junge verschiedener christlicher Nationalitäten. Sie warfen sich anbetend vor dem Grossen Dschinn nieder, fotografierten das Heiligtum und blieben manchmal auch über Nacht. Dann brachen sie wieder auf und liessen ihm Konserven und Käse, Trocken- oder Dosenmilch, Tee, Zucker und Kekse zurück. Sie waren freigebig, freigebiger als die Altertümerverwaltung in den Oasen.

Oft schon hatte er sich gefragt, was es mit dem Interesse der Christen an den alten Zeichnungen für eine Bewandtnis habe, und er war zu der Überzeugung gelangt, dass die Christen die Pilgerfahrt zu den Göttern im Wadi Matchandûsch unternahmen, weil sie dieselbe uralte Religion hatten, nicht aber an den Propheten Muhammad glaubten und sich deshalb auch nicht wie die Muslime in Richtung der Kaaba niederwarfen. Aber die zutiefst demütige und hingebungsvolle Haltung, die an ihren Augen abzulesen war, machten sie deutlich durch rätselhafte Bewegungen mit ihren Händen über ihrem Gesicht, während sie andächtig den riesigen König des Wadis betrachteten und seinen heiligen Mufflon, der neben ihm steht und zum fernen Horizont blickt.

Die Christen standen vor dem verschleierten Riesen wie die Muslime vor Gott.

Aber sein Vater sagte, der verschleierte Dschinn sei auch sein Ahn.

Der abendliche Besucher

Es gelang ihm, das Vieh in die grosse Höhle zu treiben, bevor die Besucher ankamen. Das Dröhnen wurde lauter, und am Horizont zog sich eine Staubwolke über die Ebene. Die Ziegen meckerten unwillig. Die Böcke sprangen am Eingang der Höhle hin und her und protestierten dagegen, schon so früh eingesperrt zu werden. Die Sonne verschwand hinter dem Berg, ihre roten Strahlen überfluteten noch immer die Ebene. Bevor sie untergeht, breitet die Sonne gern ein rotes Strahlengewand über die Wüste.

Das Auto fuhr ins Wadi hinein. Unten, neben den Akazienbäumen, hielt es an. Im ausgetrockneten Wasserlauf standen ein paar Sträucher, die ihr Grün behalten hatten, seit im vergangenen Jahr Wasser geflossen war. Dem Auto entstiegen zwei Männer von unterschiedlichem Wuchs. Der eine war gross, der andere klein. Der Grosse war hager, der Kleine fett. Beide waren etwa gleich alt. Der Kleine schien, obwohl fett, energischer und lebhafter. Er machte sich voller Eifer daran, das Auto zu entleeren, holte Schüsseln, Teller, Holzkisten, Leinensäcke und ein grosses Zelt heraus und legte alles zwischen die Sträucher auf die Erde unter eine hohe Akazie. Dann begann er, das Zelt aufzustellen. Der andere, der grosse Mann, kam auf ihn zu und winkte schon von fern grüssend mit der Hand, was Assûf ermutigte, ihm entgegenzugehen. Sie trafen sich auf halbem Weg.

„Du also bist dieser Dschinn Assûf, der lieber allein draussen in der Wüste als unter Leuten lebt?" sagte der

Mann lachend und schüttelte ihm herzlich die Hand. „Man hat uns im Wadi Adschâl schon von dir erzählt."

Assûf erwiderte nichts. Um seine Verunsicherung zu verbergen, zog er rasch das Schleiertuch vor seinem Gesicht zurecht.

„Besuchen dich viele Leute hier?" fragte der Mann, während er, die Hände in die Hüften gestemmt, mit prüfendem Blick die Berge betrachtete. „Wir haben gehört, dass die Ausländer schneller waren als wir. Überall in der Wüste mussten wir feststellen, dass sie schon da waren. Diese Ausländer sind Teufelskerle."

In seinem Gurt bemerkte Assûf jene kleine, schwarze Waffe, die sie „Pistole" nennen. „Stimmt", sagte er, „bisher sind ins Wadi Matchandûsch nur Christen gekommen. Muslime sehe ich hier zum ersten Mal."

Der Mann brach in unbändiges Gelächter aus. „Und wer hat dir gesagt, dass wir Muslime sind?" wollte er wissen.

Assûf war ein weiteres Mal verunsichert und versuchte rasch, seine Verlegenheit zu verbergen, indem er die Enden des Schleiertuchs feststeckte.

Der Mann bemerkte seine Verwirrung und beruhigte ihn: „Das war nur ein Scherz", sagte er versöhnlich. „Wir sind tatsächlich Muslime, obwohl wir nicht beten und keine Almosensteuer entrichten und auch noch nie die Pilgerfahrt zum Hause Gottes unternommen haben."

„Seid ihr gekommen, die Sehenswürdigkeiten anzuschauen?" fragte Assûf nach kurzem Zögern. „Ich kann euch Stellen zeigen, die ich den Christen nie gezeigt habe. Die hat noch nie jemand gesehen."

Der Mann konnte sich kaum mehr halten vor Lachen. „Die Sehenswürdigkeiten?“ fragte er spöttisch, nachdem er sich wieder beruhigt hatte. „Was sollten wir schon mit Sehenswürdigkeiten anfangen? Wir sind doch selbst welche! Jawohl, wir sind genau wie du Sehenswürdigkeiten, die man besuchen geht. Die Europäer und Amerikaner kommen über die Meere angereist, um uns zu besichtigen und zu schauen, wie wir leben. Hast du je eine Sehenswürdigkeit gesehen, für die sich andere Sehenswürdigkeiten interessieren?“ Und nochmals brach er in unbändiges Gelächter aus.

Assûf stieg das Blut in die knochigen Wangen. Er wusste nicht, was er mit seinen Händen und seinen Augen tun sollte. Die Erregung durchdrang seinen ganzen Körper, und er begann zu zittern.

„Um die Wahrheit zu sagen“, meinte der Gast, „wir wollen anderen Sehenswürdigkeiten auf die Spur kommen, und zwar dem Mufflon. Kannst du uns zum Mufflon führen? Man sagt, du wüsstest sogar, wo in Massâk Satfat Vögel nisten.“

Assûf schaute ihn an und entdeckte in seinen Augen ein seltsames Glänzen. „Wer hat das gesagt?“ fragte er, noch immer zitternd. „Der Mufflon ist schon vor einiger Zeit ausgestorben, ebenso wie die Gazellen. Ich kenne keine Mufflonspuren.“

Er zitterte noch immer. Dem Mann gefiel die Antwort nicht, aber er liess es sich nicht anmerken und schaute ihn nur misstrauisch an. „Gut“, sagte er, „dann wirst du uns eben zu den Sehenswürdigkeiten führen, wenn du behauptest, nicht zu wissen, wo der Mufflon wohnt.“ Und während sie sich dem Zelt näherten, fügte er noch hinzu: „Ich kann aber nicht ohne Fleisch auskommen. Was soll ich zu Abend essen, wenn ich kein Fleisch habe?"

Sein fetter Kollege, der Assûf nicht die Hand schüttelte, lachte. „Das musst du ihm schon glauben", erklärte er. „Seit dem Tag seiner Geburt geht er keine Nacht schlafen, ohne ein Stück Fleisch vertilgt zu haben. Er soll sogar mit einem Happen Fleisch im Mund auf die Welt gekommen sein. Lammfleisch." Er lachte. „Ich lebe jetzt schon seit Ewigkeiten mit ihm zusammen, und ich kann dir versichern, er frisst eher sich selbst auf, als auf Fleisch zu verzichten." Wieder lachte er. „Hüte dich, in seiner Nähe zu liegen, wenn er ohne Fleisch schlafen gegangen ist. Er könnte zu dir hinkriechen und dich glatt verschlingen."

„Barmherziger Gott", stammelte Assûf einfältig. „Ist ihm Fleisch so wichtig?"

Der Grosse knirschte mit den Zähnen, in seinen Augen lag ein seltsames Glänzen. „Gibt es denn auf der Welt etwas Köstlicheres als Fleisch?" fragte er. „Alles beginnt und alles endet mit Fleisch. Auch die Frau ist Fleisch. Hast du je das Fleisch einer Frau gekostet?"

Assûf schüttelte den Kopf. Seine Augen flackerten angstvoll.

„Dann bist du wirklich ein armer Mensch", fuhr der Mann lachend fort. „Noch nie vom Fleisch einer Frau gekostet zu haben! Das ist das allerköstlichste Fleisch, einmal abgesehen von dem der Gazellen, dem der Lämmer und dem des Mufflons." Und wieder brach er in unbändiges Gelächter aus. „Alles Fleisch ist köstlich. Hast du schon mal vom Fleisch des ...?"

„Nein, nein“, schrie Assûf entsetzt. „Ich habe noch nie Fleisch gekostet. Ich esse kein Fleisch.“

„Du isst kein Fleisch? Ja, was machst du denn dann mit deinem Leben?“ Er dachte ein wenig nach und fuhr fort: „Du hast ja recht. Wer kein Fleisch isst, muss zu den anderen Leuten auf Distanz gehen. Nicht umsonst hast du das Leben hier in der tiefsten Einsamkeit gewählt. Wer kein Fleisch isst, der lebt auch nicht. Du bist eigentlich gar nicht am Leben. Du bist tot.“

Assûf trat zwei Schritte zurück, als beabsichtige er zu fliehen. „Man erzählt“, sagte er, „ihr hättet da oben im Norden schon alle Lämmer aufgegessen. Stimmt das?“

Wieder brach der Mann in unbändiges Gelächter aus. „Man höre nur, was er sagt! Das stimmt! Das stimmt genau!“

„Man erzählt, ihr hättet alle Gazellenherden in der Roten Hammâda ausgerottet. Stimmt das auch?“

Wieder brach der Mann in unbändiges Gelächter aus. „Mensch, hör nur, was er sagt! Das stimmt genau! Und ich kann mich rühmen, die letzte Gazelle in der Wüste im Norden vertilgt zu haben. Hast du etwas dagegen? Tut das jemandem weh?“

Assûf schwieg einige Augenblicke und sagte dann ratlos: „In diesen Wüsten hier gibt es keinen Mufflon. Der ist schon lange ausgestorben. Ich habe Ziegen. Ich kann dir eine davon schlachten.“

Nun konnte sich der Mann wirklich nicht mehr halten vor Lachen. Die Waffe an seinem Gurt trat deutlich hervor. Er spuckte ein paar Mal voller Abscheu auf den Boden. „Pfui Teufel!“ rief er dann. „Nennst du das wirklich Fleisch, was von den Ziegen kommt!? Das ist ekliges Zeug, das sogar

Hunde verabscheuen und das zu fressen sich sogar Schakale schämen. Ich ess doch kein Ziegenfleisch! Ich habe noch nie in meinem ganzen Leben Ziegenfleisch gegessen. Selbst in meinen schlimmsten Tagen nicht." Er beugte sich rasch über einen dürren Busch und erbrach sich.

„Siehst du jetzt, was du angerichtet hast?" tadelte der Fette. „Ziegenfleisch findet er wirklich abscheulich."

„Was soll ich denn tun?" fragte Assûf einfältig. „Ich habe nichts als Ziegenfleisch."

„Red ihm nie mehr von Ziegen. Leute, die wie er eine krankhafte Fleischsucht haben, essen gewöhnlich kein Ziegenfleisch. Da oben im Norden gibt es viele wie ihn." Er öffnete die Kisten und begann auszupacken. Ein brutales Lächeln leuchtete aus seinen Augen. „Echte Gastgeberpflicht wäre es", sagte er, „uns die Höhle des Mufflons zu zeigen, statt saftlose Ziegen zu schlachten. Wo verbirgt sich der Mufflon hier in den Bergen? Dir ist doch sicher sein Zufluchtsort nicht unbekannt, wenn du die Felszeichnungen des Urmenschen kennst und dich in mondklaren Nächten mit den Dschinnen unterhältst. Das hat man uns erzählt: der einzige Beduine, der mit Dschinnen auf du und du steht."

Er lachte, ohne von den Schüsseln und Tellern und den anderen Dingen aufzuschauen. Dann machte er seinem Begleiter ein Zeichen, und gemeinsam gingen sie auf die Suche nach Brennholz, wobei sie dem gewundenen Wadi nach Süden folgten. Assûf schaute ihnen nach. Sie unterhielten sich mit gedämpfter Stimme und bückten sich nach den trockenen Ästen.

Er ging zu seinen Tieren und trieb die Böcke in die grosse

Höhle zurück. Er sah die beiden Männer gleichgültig die Zeichnungen an den Felsen betrachten. Von Zeit zu Zeit zeigten sie darauf und schüttelten sich vor Lachen. Der Fleischfresser machte spöttische Bemerkungen, die sein fetter Kumpan mit Lachsalven beantwortete, die von den Bergen im Westen widerhallten.

Sie kamen mit einem Armvoll Brennholz zurück, das der Fette neben das Zelt warf. „Hör mal, du, wie immer du heisst“, rief er Assûf zu, „wir gehen jetzt mal bis Sonnenuntergang die Wadis in der Nähe inspizieren. Pass auf unser Gepäck und unsere Vorräte auf.“

Sie sprangen ins Auto und sausten los durchs Wadi, diesmal auf die andere Seite, Richtung Abarhôh. Die Sonne verschwand hinter den mit Säulenfelsen gekrönten Bergen, und wie ein Bataillon von Dschinnensoldaten legten sich Schatten über die Ebene.

Er hatte noch immer das Echo der Lachsalven und das Geflüster der beiden im Ohr. Lachsalven und Geflüster, und irgendwie war er beunruhigt. Sein Herz schlug spürbar.

Wer nicht mit Menschen verkehrt, den führt sein Herz zum Verständnis der Menschen. Das Herz ist das Feuer, von dem sich der Beduine in der Wüste dieser Welt leiten lässt, wie sich der in der Weite Herumirrende vom Idi leiten lässt. Denn während alle Sterne sich verwandeln und bewegen, ihre Stellung verändern und verschwinden, bleibt er fest bis zum Morgen. Auf den Idi wie auf das Herz ist Verlass.

Auch sein Vater hatte ihn, bevor er starb, ermahnt, auf das Herz zu hören. Im Mondlicht sommerlicher Nächte hatte er ihn sich setzen geheissen und ihn die erste Sure des Heiligen Korans gelehrt, damit sie ihm beim Beten behilflich sei. Jeden Tag musste er einen Vers lernen, und als er die ganze Sure auswendig konnte, sagte der Vater zu ihm: „Achte auf dein Herz! Was könnte dem Wüstensohn noch helfen, wenn er sein Herz verliert? Wer sein Herz verliert, ist verloren unter den Menschen. Denn der Wüstenbewohner kennt die Ränke der Menschen nicht.“

Er lehrte ihn auch die Sure „Die Hingabe“, bevor er auf jene schreckliche Weise ums Leben kam. Sie führten ein Nomadenleben, allein in der Wüste. Er konnte sich nicht erinnern, dass sie je neben einer Menschenseele gewohnt hätten. In seiner Kindheit, daran erinnerte er sich, liess sich bei ihnen einmal eine Familie nieder, die Tadrart verlassen und sich in den höchsten Wadis eingerichtet hatte. Das war in jenem Jahr, als der Himmel seinen üppigen Regensegen über Massâk ausgoss. Er erwachte früh am folgenden Tag durch eine Unruhe. Als er die Augen öffnete, sah er seinen

Vater Hab und Gut packen, die Kamele zusammentreiben und alles zum Aufbruch vorbereiten. Doch es war weder die Geschäftigkeit noch das Klappern von Schüsseln und Tellern, was ihn geweckt hatte. Geweckt hatte ihn vielmehr ein heftiger Wortwechsel zwischen seinen Eltern, den, wie er erfuhr, jener plötzliche Aufbruch ausgelöst hatte. Seine Mutter, die dem Anstand und der Meinung der Leute grosse Bedeutung beimass, sah darin eine Provokation und eine Beleidigung der neuen Gäste im Wadi. Doch sein Vater erwiderte zornig, er wolle gern mit Dschinnen, aber niemals mit Menschen zusammenwohnen. „Ich suche Zuflucht bei Gott vor dem Übel der Menschen", rief er, und oft hörte er ihn auf der Weide ein Lied singen, von dem er behauptete, er habe es in den Sufiklöstern in Uwainât gelernt.

Die Wüste ist ein Schatz. Eine Belohnung für denjenigen, der sich vor der Versklavung und vor der Unbill, die den Dienern Gottes zugefügt wird, retten will. In der Wüste wird der Mensch beglückt, in der Wüste wird der Mensch entrückt, in der Wüste erfüllt sich jeder Wunsch.

Assûf schloss die Augen und neigte sich nach rechts und nach links, Sufischeichs nachahmend, wenn sie die Verzükkung überkommt.

Er begleitete seinen Vater hinaus auf die Weide und auf die Jagd. Der Vater lehrte ihn, wie man Kamele zähmt und dressiert, damit sie gehorsam und schnell werden. In Massâk Satfat zeigte er ihm, wie man den Mufflon jagt, und in Massâk Mallat brachte er ihm viele Tage lang das Schiessen mit einem Gewehr bei. Er weckte ihn früh zur Jagd auf die Gazellen, die im Morgendunkel auf den Weiden und Ebenen grasten. Gern trank er nachts grünen Tee und erzählte ihm von den Eigenschaften der Tiere und der Vögel in der Wüste. Er schob die Steine zur Seite, legte den Kopf auf die Erde und zeigte lächelnd seinen Mund und seinen mit weissen Haaren durchsetzten Bart.

„Was meinst du", fragte er, „was sagt sich die Gazelle, wenn sie den Feind aller Geschöpfe sieht? Sie sagt: die Ebene. Und was sagt sich der Mufflon, wenn ihm der Feind aller Geschöpfe nachstellt? Er sagt: der Berg. Der Berg ist für die Gazelle eine Falle, die Ebene für den Mufflon." Dann schaute er zu den Sternen hinauf und sang ein trauriges Lied, bevor er ihm erzählte, was er einmal mit dem Mufflon erlebt hatte.

„Einmal habe ich auf der weiten Ebene einen Mufflon herumirren sehen. Ich bin ihm auf meinem Kamel hinterhergejagt, bis er völlig erschöpft war. Und weisst du, was er getan hat, als er spürte, dass ihn seine Kräfte verliessen? Er hat kehrtgemacht und das Kamel angegriffen. Mehrmals hintereinander hat er mit seinen groben Hörnern unbarmherzig zugestossen, so dass das Kamel scheute und weglaufen wollte. Ich war gezwungen abzusteigen und gegen das verrückte Tier vorzugehen, mit nichts anderem in der Hand als einem Palmstrick. Als ich versucht habe, es mit dem Strick zu erdrosseln, hat es mir einen Schlag verpasst, der mich zu Boden warf. Da habe ich es bei seinen langen Hörnern gepackt. Und weisst du was? Ich habe nie etwas Stärkeres erlebt als diese Mufflonhörner. Mein Gott, steckt da eine Kraft drin! Das Tier hat mich hochgehoben und mit einer einzigen Bewegung weit weggeschleudert. Dann ist es mir nachgekommen, um mich mit seiner teuflischen, messerscharfen Waffe zu erledigen; nur im letzten Augenblick konnte ich ausweichen. Da hat der Mufflon die Steine zermalmt. Dann hat er zu mir hingeschaut, und einen ganz kurzen Augenblick habe ich in seinen Augen Hass und Elend gesehen, auch Trotz, Bösartigkeit und vieles andere, das ich nicht verstand. Ich habe den Schaum auf seinen Lippen und sein weisses, dung- und lehmverschmutztes zottiges Fell gesehen und begriffen, dass ich niemals in der Lage sein würde, ihn mit blossen Händen zu meistern. Da bin ich aufgesprungen und zu meinem Kamel gerannt, um mein Gewehr zu holen, das am Sattel hing."

Er schwieg und blickte in die Weite, über der dichte Finsternis lag, in seinen Augen plötzlich eine tiefe Trauer. Er erhob sich und verschränkte die Arme über der Brust, sein Blick blieb in die Finsternis und die Leere gerichtet.

„Ich habe vergessen, dir zu sagen", fuhr er fort, „dass sich unser Kampf in einem Wadi ohne Zugang zu einem Berg abspielte. Der Mufflon hat gewusst, dass es kein Entrinnen für ihn gab, weil er sich von seinen Zufluchtsorten in den Bergen zu weit entfernt hatte. Doch mitten im Wadi ragte ein von hohen glatten Felsen gekrönter Hügel auf. Als der Mufflon sah, dass ich die Sache mit dem Gewehr lösen wollte, kletterte er blitzartig auf einen der Felsen und stürzte sich hinab. Er hat sich das Genick gebrochen, und das Blut ist ihm aus der Nase gelaufen. Aber auch im Tod ist jener seltsame Blick nicht aus seinen aufgerissenen Augen verschwunden, diese Mischung aus Trauer, Hass und Hilflosigkeit."

„Hast du ihm die Kehle durchgeschnitten? Hast du ihn geschlachtet?" wollte Assûf wissen.

„Wie könnte ich ein Tier schlachten, das Selbstmord

begangen hat?“ fragte er zurück, ohne sich umzudrehen. „Ausserdem gab er sofort den Geist auf. Ich hab dir ja gesagt, er hatte sich das Genick gebrochen. Er war schon tot.“

Der Vater seufzte und legte ein paar Äste auf das heruntergebrannte Feuer. „Dieser besessene Mufflon geht mir einfach nicht aus dem Kopf“, sagte er traurig. „Es ist schwer, den angstvollen, verzweifelten Blick zu vergessen, mit dem er mich angeschaut hat, als er das Gewehr in meiner Hand sah und keine Hoffnung auf Rettung mehr hatte. Armer besessener Mufflon.“

Als dann der Mond aufging, erzählte er ihm, warum der Mufflon die Seele der Berge ist.

„In längst vergangenen Zeiten lag die Bergwüste im dauernden Krieg mit der Sandwüste. Da stiegen die Götter des Himmels mit dem Regen auf die Erde herab, trennten die beiden und löschten die lodernde Feindschaft zwischen ihnen. Doch kaum hatten die Götter den Kampfplatz verlassen, kaum hatten die Regengüsse geendet, da entbrannten Feindschaft und Krieg zwischen den beiden ewigen Gegnern aufs neue. Einmal nun erzürnten die Götter in ihren hohen Himmeln und straften die Streitenden. Sie liessen die Berge von Massâk Satfat erstarren und sie geboten dem stetigen Vorrücken des Sandes bei Massâk Mallat Einhalt. Doch der Sand war listig – er ging in die Seele der Gazellen ein. Auch die Berge waren listig – sie gingen in den Mufflon ein. Und seit jenem Tag ist der Mufflon von der Seele der Berge besessen.“

„Aber jetzt vertragen sich die Gazelle und der Mufflon doch“, fragte Assûf.

Da lachte der Vater. Er betrachtete den zauberhaften

Mond, der aus der Tiefe der Finsternis emporstieg, und erklärte geheimnisvoll: „Weil Gott eine grössere und für beide tödliche Heimsuchung auf die Erde herabgesandt hat. Der Mensch erschien, und so bekamen Gazelle und Mufflon einen gemeinsamen Feind. Die Götter wurden der kindischen Klagen überdrüssig: Mal erhoben sich die Sande und legten ihre Sache den Himmlischen vor und behaupteten, die Berge hätten mit der Provokation begonnen. Mal kamen die Gipfel der Berge zu ihnen und beklagten sich über die Angriffe der Sande. Da erzürnten die Götter und bestraften die Streitenden mit einem Satan namens Mensch, dem sie die Lösung des Problems übertrugen. Der kam und richtete im Wadi eine Trennungslinie zwischen den beiden ein, worüber die Götter hocherfreut waren. Seit jenem Tag haben sie keine Klagen mehr gehört."

Er wandte sich zu Assûf und fuhr noch immer geheimnisvoll fort: „Wie könnte ich da neben einem Menschen leben? Deine Mutter schilt mich immer. Sie will, dass ich in die Nähe des Stammes nach Abarhôh zurückkehre. Sie klagt über die Einsamkeit, und nachts weint sie. Du weisst, dass sie nachts weint und dass sie behauptet, ich wäre der Dschinn, ich wäre der Satan, nicht die Leute. Aber ich kann einfach mit niemand zusammenwohnen. Das hab ich von meinem Grossvater gelernt. Und du sollst es von mir lernen. Ich will nichts anderes als meine Ruhe, verstehst du das?" Dann begann er, jenes traurige Lied zu singen.

Die Leute vom Tassîli glauben, die Mufflonjagd bringe Unglück. Deshalb murmelt der Jäger allerhand Zaubersprüche, legt sich einen Stein auf den Kopf und springt auf allen vieren herum, bevor er zur Jagd aufbricht.
Henri Lhote, A la découverte des fresques du Tassili

Der Preis der Einsamkeit

Aber Assûf war es nicht vergönnt, die Einsamkeit in der Wüste zusammen mit seinem Vater lange zu geniessen. Der alte Mann zog zur Mufflonjagd in die westlichen Massîs-Berge, von wo er nicht mehr zurückkehren sollte. Sie warteten einige Tage, dann wurde die Mutter unruhig: „Dein Vater bleibt sicher nicht ohne Grund fort. Nun ist er schon mehr als eine Woche weg."

Er versorgte sich mit Wasser und Datteln und folgte der Spur seines Vaters. Dieser war nicht bewaffnet. Deshalb schenkte er den Gazellen in Massâk Mallat keine Beachtung und war ausserdem gezwungen, den besessenen Mufflon bis auf die Gipfel der erbarmungslosen Berge zu verfolgen. Doch seit jenem Vorfall hatte der Vater Respekt vor der Mufflonjagd und machte sich zu den majestätischen Gipfeln erst nach einigen Vorbereitungen auf. Er rezitierte alle Koranverse, die er auswendig konnte, ebenso die Beschwörungsformeln der schwarzen Magierpriester in der Sprache der Haussa; dazu hängte er sich noch schützende Amulette aus Schlangenhaut um, die ihm Karawanenhändler von Wahrsagern aus Kano mitgebracht hatten. Einen Tag vor dem Abmarsch murmelte er nur noch Zaubersprüche, redete nicht mehr, antwortete auch nicht auf die Fragereien von Frau und Sohn und schlief sogar ausserhalb des Zeltes, um ja mit keinem von ihnen ein Wort wechseln zu müssen und bei Tagesanbruch mit leeren Händen auf seinem Kamel losreiten zu können. Ja, unbewaffnet, mit leeren Händen. Die Kugeln der alten Flinte waren verbraucht, und Karawanen in Richtung Sudan oder in Richtung Agades liessen sich nur selten sehen. Monate konnten vergehen, ohne dass eine Karawane von oder nach dem Land der Schwarzen vorbeikam. Seine Beziehungen zu den Bewohnern der Oasen im Wadi Adschâl, in Ghat, Uwainât oder Mursuk waren unterbrochen, besonders seit bekannt geworden war, dass die Italiener die Küstengebiete erobert hatten und beabsichtigten, weiter nach Süden in die Wüste vorzudringen. Das trieb den Preis für Munition in die Höhe und machte den Waffenhandel unter den Einheimischen zu einer riskanten und gefahrengesäumten Aktivität. Darum hütete jeder Beduine seine Kugeln wie seinen Augapfel, um notfalls, wenn der Feind wirklich in die Wüste einbrechen sollte, damit seine Kinder verteidigen zu können. Die Italiener scheuten nämlich, wenn sie einmal die Wüste betraten, vor keinem Zelt zurück. Trotz der Einsamkeit hier im Süden trug der Wind die Nachrichten von den Invasoren im Norden ebenso heran wie die Gerüchte über die Wüstenstämme, über Heirat und Scheidung, Skandale, Geburten und Todesfälle. Nichts bleibt in der Wüste ein Geheimnis, wie einsam man auch leben mag.

Doch als der Vater gegangen war, flüsterte ihm die Mutter zu, es nicht zu glauben. Er habe doch einige Kugeln in der Jägerhöhle versteckt, sei nur zu geizig, sie zu verbrauchen. Damals lachte er und erinnerte sich daran, was sein Vater ihm einmal gesagt hatte. Mit zwei Dingen, so erklärte er ihm, müsse man in der Wüste unbedingt sparsam umgehen, dem Wasser und der Munition. Wasser und Kugeln seien in der Weite der Wüste wie Luft, lebensnotwendig. „Wenn du kein Wasser mehr hast, verdurstest du; wenn du keine Munition mehr hast, bringt dich ein Feind um – ein Mensch, ein Tier, eine Schlange. Wasser und Munition sind der wertvollste Besitz des Mannes, wenn er allein ist. Auf alles andere kann er verzichten, nur darauf nicht." Zweifellos hatte seine Mutter recht. Der Vater hielt die Munition in der Höhle versteckt, damit er sich an jenem schwarzen Tag als ganzer Mann beweisen könnte. Eine Kugel würde er, bevor er selbst stürbe, seinem Feind ins Gesicht schiessen, damit dieser nicht über ihn frohlocken und ihn wie ein Schaf an einem Strick wegführen könnte. Mit dem Gewehr in der Hand zu sterben ist keine Schande. Eine Schande wäre es, wie ein Schaf zu krepieren. Eine Schande wäre es, lebendig in Feindeshand zu fallen, in Gefangenschaft zu geraten. In Gefangenschaft gerieten nur Feiglinge und Unbewaffnete.

Deshalb versteckte der Vater lieber Reservemunition in der Jägerhöhle und ging unbewaffnet auf die Mufflonjagd. Und so starb er auf jene entsetzliche Weise. Wäre er weniger darauf bedacht gewesen, nicht lebendig in Feindeshand zu fallen und die Munition für einen solchen schwarzen Tag zu verstecken, wäre er nicht auf jene abscheuliche Art umgekommen.

Einige Tage lang folgte Assûf seiner Spur. Als er dann im Wadi Ainesîs Anzeichen eines Kampfes mit dem Mufflon fand, bekam er es mit der Angst zu tun. Er folgte den Spuren durch das ganze Wadi hindurch und fand Blutflecken an den Steinen, hin und wieder auch im Sand. Aber ob der Verwundete der Mufflon oder der Vater war, das wusste er nicht.

Die Spuren tauchten auf und verschwanden, sie wandten sich nach links, führten zu jenem mit scharfen, schwarzen Steinen bedeckten Abhang, kehrten zurück zum sandigen Talgrund, wo einzelne Akazien standen und wildes Gras. Unter einer hohen Akazie war der Kampf hitzig geworden, die Spuren waren dicht und zahlreich und überlagerten sich. Hatte der alte Mann versucht, den Mufflon am Stamm der hohen Akazie festzubinden? Das Tier sich jedoch als stärker erwiesen und ihn weiter durch das Wadi geschleift? Dann, mein Gott, hatte er ihn etwa an den Hörnern gepackt, das getan, wovor er selbst immer gewarnt hatte? Nichts, hat er oft gesagt, mache den Mufflon so wahnsinnig, wie wenn man ihn an seinen Hörnern packe. Wie kräftig du auch bist und wie beseelt von der Hoffnung, ihn zu besiegen, wenn du das tust, wirst du den Kampf verlieren. Die Quelle seines Wahnsinns sind seine Hörner. Alle Wildheit, die in ihm ruht, wird geweckt, und dann greift er unbarmherzig an. Jetzt versuchte der Mufflon zu entkommen. Er wandte sich zum Berg. Das Wadi wurde tiefer, die Berge wurden höher. Ja, er lockte ihn auf jenen geheimnisvollen, schauerlichen Gipfel.

Als Assûf zu dem hohen Gipfel hinaufschaute, schlug sein Herz heftig. Er spürte, dass dort oben etwas geschehen war, unter oder auf diesem Gipfel oder an seinem Fusse. Die Spuren des Kampfes verloren sich. Keuchend rannte er durch das beengende Wadi zwischen den beiden Bergen.

Die Schatten des unheilverheissenden Gipfels lagen über dem engen Pass. Er bog nach links ab und rannte den Steilhang hinauf. Da war ihm, als dränge ihm plötzlich ein seltsamer Geruch in die Nase. Ihm wurde übel, sein Kopf schmerzte. Die Felsen wurden steiler, schärfer und schwärzer, je mehr er sich auf der Südseite dem Gipfel näherte. Auf Händen und Füssen kroch er höher. Der Verwesungsgeruch wurde immer stärker, und genau unter dem Unglücksgipfel neben einem Felsen, der sich mehrere Ellen am Hang entlang zog, fand er den alten Mann. Er lag auf dem Rücken, das Gesicht blau und zum Himmel gewandt, die Augen leer. Grosse blaue Fliegen kreisten über ihm. Nirgends eine Spur von Blut, kein einziger Flecken. Nur einige Kratzer an den Händen, die neben dem Körper lagen.

Der besessene Mufflon hatte ihm das Genick gebrochen, hatte ihn sich das Genick brechen lassen, genau wie er es damals mit jenem anderen Mufflon gemacht hatte, der Selbstmord beging.

Im Süden von Libyen aber, neben den Nasamonen, leben die Garamanten in einem Land, das reich ist an wilden Tieren. Sie sind ein Volk, das die Leute flieht, ihre Gesellschaft meidet, keinerlei Waffen trägt und sich nicht zu wehren versteht.
Herodot, Geschichte und Geschichten: Historien, Buch IV, Abschnitt 174

Das Mädchen

Auch er hatte einmal ein schlimmes Erlebnis mit dem Mufflon. Nachdem sein Vater nicht mehr war, übernahm er die Verantwortung. Hütete das Vieh, überwachte die Kamele in den benachbarten Wadis, sammelte Brennholz und ging zur Karawanenroute, um Ziegen gegen Gerste und Datteln einzutauschen. Das war nicht einfach für einen jungen Mann, der über keine Sprache verfügte, in der er mit den Leuten reden konnte. Er wusste nicht, wie die Menschen waren und wie sie sich verhielten. Woher sollte er auch, da er ja sein bisheriges Leben in völliger Einsamkeit und in Furcht vor ihnen gelebt hatte? Der alte Mann hatte ihm, allein beim Gedanken, sich ihnen zu nähern, Angst und Schrecken eingejagt. Wie hätte er da mit ihnen sprechen oder sich gar unter sie mischen können? Das erste Mal blieb er in grosser Entfernung stehen und betrachtete den Zug der langen Karawane auf dem Weg, der sich durch die Wadis wand, über die unwegsamen Berge, mal nach rechts, mal nach links, bis er sich am fernen Horizont auflöste, wo die Reihe der hochbeladenen, geduldigen Kamele verschwand.

Die Karawane verschwand, und er war nicht imstande gewesen, sich ihr zu nähern. Vernichtet ging er nach Hause, wo er sich die harten Vorwürfe seiner Mutter anhören musste. Sie nannte ihn ein Mädchen, weinte und sagte dann, er sei ja gar nicht schuld daran. Es sei der Selige, der aus ihm ein Kamel gemacht habe, das sogar vor dem Schatten eines menschlichen Wesens scheut.

Nun schlief er bei Nacht nicht mehr. Wochen, vielleicht sogar Monate, würde er warten müssen, bis die nächste Karawane vorbeikäme. Der Vorrat an Getreide reichte aber nur noch für zehn Tage. Also packte er kurz darauf seine Sachen, trieb die Tiere zusammen und machte sich auf zu dem Weg, der Mursuk und Kano miteinander verbindet; drei Tagesreisen war dieser entfernt. Dort beschloss er zu warten und auf Händlerkarawanenjagd zu gehen. Er kampierte im Wadi und liess das Vieh im Gebüsch weiden; erklomm eine Anhöhe und beobachtete den Weg. Mehrfach am Tag stieg er hinauf, um Ausschau zu halten. Am vierten Tag endlich sah er eine Karawane, die wie eine Fata Morgana am fernen Horizont tanzte. Nun band er einer fetten drallen Ziege einen Beutel mit Weizenkörnern um den Hals. Dem schmucken, aber garstigen Ziegenbock, der mit seiner aggressiven Art den kleineren Böcken die Rippen brach, band er einen Sack um, in den er Gerstenkörner gefüllt hatte. Er stieg auf die Anhöhe und band sie an zwei Pflöcke, die er am Weg der Karawane in den nackten Boden trieb. Dann kehrte er zu seinem Standort am Abhang zurück, suchte Schutz zwischen den Felsen und wartete auf die Karawane.

Die Ziege versuchte, sich zu befreien, und als sie die Nutzlosigkeit ihres Tuns einsah, zerriss sie mit ihrem klagenden Meckern die Stille. Der sonst so unfolgsame Bock dagegen schien geduldiger. Er betrachtete das weite, karge Land mit traurig ängstlichen Blicken. Dann schaute er hinüber zum Horizont, wo sich die Karawane näherte, und harrte seines Schicksals.

Die Karawane kam. Die Männer scharten sich um die Ziege und den Bock und suchten in der öden Umgebung nach dem Besitzer. Dieser kam aus seinem Versteck hervor und lief an den Felsen entlang, die auf das Wadi hinabblickten. Sie winkten ihm. Er erwiderte den Gruss, hob die Hand und schwenkte sie vor seinem Gesicht durch die Luft. Dann liess er sie rasch sinken. Er war erregt. Der Schweiss lief ihm über Nacken und Rücken. Er wusste nicht, was er mit seinen Händen anfangen sollte, kaschierte seine Verwirrung, indem er den Turban zurechtrückte. Sie gaben ihm mit Zeichen zu verstehen, er solle zu ihnen herunterkommen, aber er tat, als verstünde er die Aufforderung nicht.

Als einer der Männer sich von der Gruppe löste und auf ihn zuging, überlief ihn ein Schauder. Er sprang fort und verschwand hinter den Felsen. Wie der Mufflon hüpfte er zwischen den Steinen hin und her, zum Wadi hinüber. Unten im Tal blieb er keuchend stehen, beschmutzt mit Schweiss und Scham. Seine Mutter hatte recht. Er war ein Mädchen. Ein Mann flieht nicht vor anderen Männern. Scham ist was für Mädchen. Hat seine Mutter gesagt. Er hat noch nie Mädchen gesehen, noch nie die Scham in ihren Augen. Pfui! Schäm dich! Und in diesem Augenblick spürte er zum ersten Mal Hassgefühle gegen seinen toten Vater.

Dieser hatte ihm eine Furcht vor den Menschen eingepflanzt, die genügt hätte, alle Mädchen der Welt für immer vor den Männern fliehen zu lassen.

Er rannte zurück und versteckte sich hinter einem Felsen. Von dort sah er die Männer miteinander lachen und diskutieren. Dann setzte sich die Karawane wieder in Bewegung. Der lange gewundene Weg bog nach Westen, bis er zwischen den Berggipfeln verschwand.

Sie hatten den Bock und die Ziege mitgenommen und ihm zwei mittelgrosse Säcke zurückgelassen, einen mit Weizen, einen mit Gerste.

Eine Gestalt aus dem Himalaja

Die beiden Kumpane kamen erst am nächsten Morgen zurück. Sie hielten mit ihrem Auto neben dem Zelt. Der Grosse stieg zuerst aus, mit zerzaustem Haar, bleich, welk, als hätte er eine lange Reise hinter sich, als hätte er die ganze Wüste von Timbuktu bis zum Dschebel Nafûssa durchquert. Er ging auf Assûf zu und streckte ihm eine grobe, kräftige Hand hin.

„Ich glaube, wir sollten uns mal miteinander bekannt machen! Ich heisse Kain Adam, mein Freund da ist Massûd, Massûd al-Dabbâsch." Er liess seinen Blick durch das Wadi wandern, schaute dann zum Himmel hinauf und klagte: „Die Sonne ist erbarmungslos schon vom frühen Morgen an. Der Tag ist die Hölle. Mein Gott, wohin sollen wir nur vor dir fliehen, Wüstensonne?"

Auf seine Lippen zeichnete sich ein verzweifeltes, trauriges Lächeln, bevor er plötzlich das Thema wechselte.

„Die Sonne haben wir ertragen, aber jetzt können wir es nicht mehr ohne einen Mufflon aushalten." Er runzelte die Stirn und fügte zornig hinzu: „Ernst ist Ernst und Spass ist Spass. Zwei Tage lang hast du uns jetzt schon das Mufflonfleisch vorenthalten. Aber bei meinem Leben, ich werde mich nicht nochmal zwei Tage gedulden."

Assûf wollte Einspruch erheben, den Vorwurf zurückweisen, alles erklären, wusste aber nicht wie. „Es gibt hier keinen Mufflon", sagte er nach einigem Nachdenken. „Ausserdem ... ausserdem ist es schwierig, ihn zu jagen, sehr schwierig."

„Schwierig oder einfach, das ist meine Sache, nicht deine", rief Kain. „Zeig ihn mir, und du wirst schon sehen!"

„Der Mufflon lebt nur ganz oben in den Bergen, in den unwegsamsten Bergen."

„Immerhin gibst du also zu, dass es ihn in den Bergen gibt."

Assûf war verwirrt. „Vielleicht gibt es ihn in den Bergen. Ich weiss es nicht", stammelte er und wischte sich mit dem Ärmel seiner Gallabija den Schweiss ab.

„Wer wohnt denn ausser dir noch hier in den Bergen?" wollte Kain wissen. „In den Oasen hat man uns erzählt, Massâk Satfat sei nur von einem einzigen menschlichen Wesen bewohnt, dafür aber von ganzen Stämmen von Dschinnen und Mufflons. Hörst du?" rief er seinem Kollegen zu, „der Mann hat zugegeben, dass es in den Bergen Mufflons gibt."

Assûf wusste nicht mehr, was tun. Er verfluchte den Tag seiner Geburt und den Tag, an dem diese jungfräuliche Scham von ihm Besitz ergriffen hatte. Er wusste nicht, wie er seine Aussage zurücknehmen sollte, fand keine angemessene Sprache, um zu protestieren. Wie könnte auch jemand, der nie in seinem Leben mit Menschen verkehrt hatte, sich anderen Menschen gegenüber behaupten?

Massûd al-Dabbâsch kam mit einem Brocken Trockenfleisch. Er bot Kain etwas davon an, riss sich selbst ein Stück ab und sagte: „Iss deinen Anteil, bevor du wieder einen Anfall hast. Ich möchte dich hier in der Wüste nicht pflegen müssen." Dann fuhr er zu Assûf gewandt fort: „Weisst du, er wird wahnsinnig, wenn er kein Fleisch zu sich nimmt?"

„Ich weiss", erwiderte Assûf. „Mein seliger Vater hat mir

davon erzählt. Die Fleischsucht verursacht Wahnsinn. Das ist wegen der Sucht."

Die beiden Besucher schauten sich bedeutungsvoll an und brachen dann in schallendes Gelächter aus. Kain riss ein Stück von seinem Fleischbrocken ab und hielt es Assûf hin. „Man hat uns erzählt, du würdest in den Höhlen mit Dschinnenfrauen verkehren. Aber dass du auch ein Weiser bist, hat man uns verschwiegen."

Assûf trat einen Schritt zurück, als wollte er dem Fleisch ausweichen. Er legte dankend die Hand auf die Brust und stammelte angewidert: „Nein, nein, nein, ich esse kein Fleisch."

Die beiden Kumpane schauten sich nochmals an.

„Meinst du das wirklich ernst?" fragte Kain. „Gibt es denn auf der Welt auch nur einen einzigen Menschen, der kein Fleisch isst, einmal abgesehen von diesen Gestalten, die angeblich hoch oben im Himalaja wohnen." Er trat näher und versuchte, ihm das Stück in den Mund zu stopfen.„Iss, iss! Das ist kein Fleisch von deinen dreckigen Ziegen. Das ist fein geschnittenes getrocknetes Lammfleisch. Das schmeckt wie ... wie Gazellen, wie Mufflon."

Assûf lehnte nochmals ab und wich zurück. Als Kain ihn weiter bedrängte, hielt Massûd ihn zurück. „Lass doch den Mann in Ruhe! Vielleicht meint er es ja wirklich so. Es gibt eben auch in unserer Wüste solche Gestalten aus dem Himalaja."

Doch um sich selbst und seine Mutter zu ernähren, um frei und ungebunden in Gottes weiter Wüste zu leben, genügte es nicht, sich selbst zu überwinden und einen Weg zu finden, mit den menschlichen Satanen zu sprechen, um ihnen Ziegen zum Tausch anzubieten und ihren schrecklichen Händen, den Klauen wilder Tiere nicht unähnlich, Nahrung, Weizen und Gerste, zu entreissen. Noch eine andere gefährliche Aufgabe war zu übernehmen, die jedem auf der Stirn geschrieben steht, dessen Schicksal es ist, in der Wüste geboren zu werden und dort zu leben – die Jagd auf den Mufflon.

In den Nächten der Jagd, unter freiem Himmel, erzählte ihm der Selige oft: „Wer beschliesst, allein zu leben, muss den Mufflon alleine jagen. Das ist wie der Durst, wie der Hunger, wie die Weglosigkeit das Schicksal der Einsamkeit, das Schicksal der Wüste. Unser Herr hat für alles einen Preis gesetzt."

Doch nachdem dieser stolze Mufflon vor seinen Augen Selbstmord begangen hatte, veränderte sich der Vater. Er wurde bekümmert, finster, deprimiert. Er sang ständig diese melancholischen Lieder und überhörte es, wenn man ihn ansprach oder eine Frage an ihn richtete. Oft, wenn er ihn in die Berge des Tadrart oder in die Wüstengebiete von Massâk Mallat begleitete, wechselte er mit ihm kein einziges Wort. Er sass hinter dem Sattel auf dem Mehri-Kamel und lauschte seinen endlosen traurigen Liedern. Etwas verbrannte sein Herz, das er mit diesen Liedern löschen wollte.

Aber die Lieder verbrannten auch ihn, und so weinte er still vor sich hin, da oben, hinter dem Sattel.

Warum legten sich diese Gesänge so drückend auf sein Herz? Warum schmerzten sie ihn so furchtbar? Etwa weil sie die Machtlosigkeit in der Wüste zum Ausdruck brachten? Etwa weil sie ihn die Erbarmungslosigkeit der Wüste spüren liessen? Etwa weil sie sagten, dass Traurigkeit und Elend das Schicksal des verlassenen, einsamen Menschen waren? Etwa weil sie die Schleier der Illusion zerrissen und keinen Zweifel daran liessen, dass ein Mensch ohne Kontakt zu anderen auch den Kontakt zu sich selbst verlor, und wenn er die anderen verlor, er auch sich selbst verlor, sich selbst nichts wert war? Etwa weil die Lieder ihm deutlich machten, dass es Rettung und Freiheit nur in der Wüste gab, dass die Wüste aber nichts anderes hiess als Tod? Weinte er, weil ihm die Lieder seines traurigen Vaters ihr seltsames Leben in der ewigen Wüste so deutlich machten, ausser der es in der Welt nichts zu geben schien? Oder waren das alles nur seine eigenen Phantasien? War die Traurigkeit des Vaters vielleicht nichts anderes als Ausdruck des Schmerzes darüber, dass das erbarmungslose Leben ihn zwang, wider Willen den Mufflon zu jagen?

Der heisse Südwind trocknete die Tränen, die ihm langsam über die Wangen liefen, und der dürstende Sand verschluckte das Blut, das von seinen Lippen tropfte. Denn da nichts die lodernde Flamme in seinen Innern löschen oder ersticken konnte, hatte er, ohne es zu merken, seine Lippen mit den Zähnen zerfetzt.

Der Vater hatte früh begonnen, ihn zur Jagd auszubilden, kaum war er zehn Jahre alt, was vielleicht für einen Jungen in der Wüste nicht so früh ist. Er begann nicht mit dem Mufflon. Zuerst lehrte er ihn, auf Steine und Felsen in den Bergen zu schiessen. Dann liess er ihn auf dem Mehri-Kamel hinter den Sattel aufsitzen und verbrachte mehrere Tage mit ihm in den Ebenen von Massâk Mallat, wo die Gazellenherden weideten. Noch im Morgendunkel weckte er ihn und besprengte sein Gesicht mit ein paar Tropfen kaltem Wasser, damit er ganz aufwachte oder, wie er gern sagte, damit er seine Augen aufkriege. Dann zog er ihn an der Hand hinunter in die weiten Wadis, wo im Dunkeln Scharen von Gazellen standen. Doch obwohl es in jenen Jahren in der Wüste von Gazellen nur so wimmelte, hatte der Vater es sich zur Regel gemacht, jedesmal nicht mehr als ein Tier zu erlegen. Die Seele der Gazellen werde stark und zornig, wenn es mehr als eine einzige sei, versicherte er. Die Gazellen würden den Schutz des Korans und die Zauberkraft der Amulette brechen, und weder die Talismane der Wahrsager noch die Zaubersprüche der Rechtsgelehrten nützten dann noch etwas. Ein berühmter Wahrsager in Kano hatte ihn davor gewarnt, bei der Gazellenjagd masslos zu sein, und hatte von zahllosen Zauberern erzählt, die die Knechte Gottes mit der Behauptung zum Narren hielten, sie könnten Amulette schaffen, die Masslosigkeit beim Töten wilder Tiere gestatteten. Betrüger hatte er sie genannt, von denen hinters Licht geführt zu werden der Klugen unwürdig sei. Diesen Wahrsager pflegte der Vater zu loben. Er habe nie einen aufrichtigeren Zauberer als ihn gesehen, erklärte er, und so verbreitete sich sein Ruf in der ganzen Wüste, und die Leute kamen zu ihm von Gadames bis nach Timbuktu, vom Dschebel Nafûssa bis nach Agades.

Als er im Morgendunkel eine Gazelle zu treffen gelernt hatte, belohnte ihn der Vater mit einem wundervollen Geschenk – farbigen Sandalen mit Ornamenten, die die feinen Finger der Mädchen in Tamanrasset gezeichnet und in die sie ihre Liebe und das Verlangen gelegt hatten, ihrem Traumritter zu begegnen. Das Mädchen, das seine Sandalen gefertigt hatte, war erfüllt von Liebe. Seine Mutter, die sich in Lederverzierungen durch Mädchenhand auskannte, versicherte es ihm. „Der Herzschlag eines jungen Mädchens liegt in ihrer Hand, ihre Liebe zwischen ihren Fingerspitzen", erklärte sie. „Alle weisen alten Frauen können dieses Alphabet lesen, gleichgültig ob es in Leder geritzt, auf Stoff gemalt oder zwischen Wollfäden eingewirkt ist. Das ist eine Sprache, deren geheimnisvolle Buchstaben nur sie verstehen."

Das war die Geschichte mit den Gazellen.

Mit dem Mufflon dagegen war es ganz anders. Dieses Abenteuer begann erst sehr spät, und zwar wegen jener geheimnisvollen Beziehung, die den Vater mit dem Mufflon verband, jenem rätselhaften Verhältnis, dessen Ausgangspunkt weit hinter jenen Vorfall mit dem Selbstmord des Mufflons zurückreichte. Jedesmal wenn er bat, mit ihm auf die Mufflonjagd gehen zu dürfen, wenn er darauf bestand, endlich den Mufflon jagen zu lernen, wich der Vater aus, suchte eine Ausrede, vertröstete ihn und fand einen Weg, sich aus der Affäre zu ziehen. Als sie einmal in einer bitterkalten Winternacht zu dritt in der „Hirtenhöhle" um das Feuer gedrängt sassen, nutzte Assûf die Gelegenheit und wiederholte seine Bitte. Da schaute ihm der alte Mann lange in die Augen und wechselte dann einen noch längeren Blick mit der Mutter. Danach senkte er den Kopf und verbarg seinen Blick im züngelnden Feuer. In seinen Augen sah Assûf eine Angst, die er nie zuvor bemerkt hatte. Auch in den Augen der Mutter. Und zum ersten Mal spürte er, dass es da ein Geheimnis gab. Er beschloss, seine Mutter danach zu fragen, doch sie kam ihm zuvor.

„Warum bestehst du darauf, mit deinem Vater auf Mufflonjagd zu gehen?“ fragte sie ihn eines Tages. „Siehst du denn nicht, dass ihm das weh tut?“

„Aber warum?“ fragte Assûf ungeduldig zurück. „Ich verstehe das nicht.“

An jenem Tag weihte sie ihn noch nicht in das Geheimnis ein. Das tat sie erst, nachdem er, damals schon fünfzehn Jahre alt, mit dem Vater wiederholt erfolglos in die Berge der Umgebung gezogen war, um eines Mufflons habhaft zu werden. Beim ersten Mal spürten sie einer ganzen Herde nach, die sie schliesslich tief unten in einem Wald fanden. Doch die Verfolgungsjagd führte zu nichts. Die Herde verschwand zwischen den Felsen hoch oben in den Bergen, nachdem der Vater, wie Assûf bemerkte, absichtlich daneben geschossen und die Herde nur erschreckt hatte. Beim zweiten Mal, als sie ein dralles Weibchen direkt vor sich sahen, blieb der Vater stehen und wechselte mit ihr einen geheimnisvollen Blick. Sie sei trächtig, sagte er dann zu ihm, und trächtiges Wild zu jagen sei eine schwere Sünde. Also gingen sie nach Hause zurück. Beim dritten Mal entdeckte er zwischen den Büschen, die sich an den Berghang klammerten, drei weidende Tiere. Da musste er ihm das Gewehr geben. Doch als Assûf anlegte, hustete der Vater kräftig, worauf die Mufflons erschreckt davonstoben und sich hinter den Felsen des nahen Berges in Sicherheit brachten. Er schaute seinen Vater an, gab ihm das Gewehr zurück und fragte: „Warum willst du eigentlich nicht, dass ich lerne, wie man einen Mufflon erlegt? Wenn du so erpicht darauf bist, dass ich keinen erlege, warum machen wir uns dann überhaupt die Mühe, solch lächerliche Ausflüge zu unternehmen? Warum sagst du mir nicht einfach die Wahrheit?“ Doch der Vater senkte nur den Kopf und zog das Turbantuch tiefer ins Gesicht, so dass auch die Augen bedeckt waren. Dann ging er wortlos mit ihm nach Hause zurück.

Danach sah sich die Mutter gezwungen, ihm die Wahrheit zu sagen. Als sich der Vater einmal frühmorgens aufmachte, um bei den Kamelen in der Sandebene nach dem Rechten zu sehen, hielt sie ihn zurück. Sie warf ein paar Stücke Holz aufs Feuer, zog ihren fettfleckigen Umhang fest und machte sich daran, die Milch im Lederbalg zu buttern. Dann gab sie in kurzen Worten das Geheimnis preis. „Dein Vater will nicht, dass du Mufflonblut vergiesst“, erklärte sie. „Lange vor deiner Geburt hat er ein Gelübde abgelegt. Er ist immer am Fuss der Ainesîs-Berge auf die Jagd gegangen. Einmal ist er ausgerutscht und hat zwischen Himmel und Erde gehangen. Er hat sich an einem Felsen festgehalten, während seine Füsse in der Luft baumelten. Als er schon alle Hoffnung aufgegeben hatte, hat ihn dasselbe Tier, mit dem er gekämpft hatte und das er hatte töten wollen, hochgezogen und ihn vor dem sicheren Tod bewahrt. Verstehst du's jetzt? Er hat gelobt, nie mehr Hand an einen Mufflon zu legen und auch seine Nachkommen nicht in der Mufflonjagd auszubilden. Aber dann ist der Hunger gekommen. Es war in den schlimmen Jahren der Dürre, vor deiner Geburt.

Ich war schwanger, und er war gezwungen, sein Gelübde zu brechen und auf die Jagd zu gehen. Er hat geweint, bevor er es tat. Ich habe ihn selbst in der Nacht weinen hören. Am Morgen ist er weggegangen und dann mit einem grossen Mufflon zurückgekommen. Wir haben ihn abgehäutet und, nach langem Hunger, gegessen. Er hat gesagt, er sei wortbrüchig geworden und die Seele der Berge würde ihn dafür bestrafen. Aber er hat mir auch versichert, er würde seinen Nachkommen, wenn ihm Gott überhaupt einen Sohn schenken sollte, nie die Mufflonjagd beibringen. Verstehst du jetzt, du Dickkopf? Ich habe dir ja gesagt, du sollst das mit dem Mufflon lassen, weil ihm das weh tut."

Herr, du hast meine Seele aus der Hölle geführt; du hast mich lebend erhalten, da jene in die Grube fuhren.
Psalm XXX, Vers 4

Die Schau Gottes entspringt der Geduld.
Die Geduld entspringt der Kraft.
Die Kraft entspringt der Heiligkeit.
al-Niffari, Die Schau Gottes

Die Hölle

Als das besessene Tier dem Vater den Nacken gebrochen hatte, erinnerte Assûf sich an das Gelübde, von dem ihm seine Mutter erzählt hatte. Danach vergass er es wieder. Die Einflüsterungen des Teufels, jenes Gefährten der Jugend, liessen es ihn vergessen, und er dachte nicht mehr daran. Doch der Teufel schmuggelte ihm drei Mufflons in die Ziegenherde, setzte sich auf den Gipfel des Berges und harrte der Dinge, die da kommen sollten.

Das war Jahre nach dem Tod des alten Mannes. Die Herde weidete im Süden des Wadi Matchandûsch, dort, wo die Wassermassen tiefe Rinnen ausgewaschen haben, kurz vor der Biegung des Wadis, wo es zwischen den hohen Westbergen verschwindet, bei den Felssäulen, die Gespenstern gleich die Steinwüste bewachen und die Akazien in der Tiefe betrachten. Er lag unter einem Felsen am Fuss des Berges und beobachtete die Ziegen, die sich hartnäckig nach den grünen Ästen der Akazienbäume reckten. Eine gefrässige Ziege brachte ihn zum Lachen. Sie bemühte sich verzweifelt, die grüne Mähne einer Akazie zu erreichen, die aber zu hoch für sie war. Neben dem Baum stand ein Stein, den die Ziege mit zwei Sprüngen erklomm. Und im nächsten Augenblick streckte sie von dieser bequemen Stelle aus ihren Kopf in die Krone des armen Baumes und machte sich daran, seine grüne Kappe zu vertilgen. Auf der anderen Seite des Wadis, im glanzlosen, wilden Gestrüpp, war ein gewaltiger, mit zwei grossen, geschwungenen Hörnern gekrönter Bock damit beschäftigt, einer hübschen, silbergrauen Ziegendame den Hof zu machen. Daneben stand ein hässlicher, zerzauster anderer Bock und betrachtete neidisch das Getändel.

Die Ziege zeigte sich den Annäherungen des gewaltigen Bocks nicht abgeneigt; sie wandte sich ihm zu und fummelte mit ihrer Schnauze ein paar schnelle Küsse auf die seine. Dann steckte sie ihren Kopf in das matte Gesträuch und tat, als sei sie mit dem Verzehr der Blätter beschäftigt. Ihre Koketterie schien den ansehnlichen Bock zu reizen. Er wurde dreister und machte einen weiteren Schritt, schob seinen Kopf neben den ihren und tat ebenfalls so, als speise er, drückte dabei seine Schnauze an die ihre und stibitzte ihr einen Kuss. Dann zog er sich zurück und inspizierte sie von hinten, zögernd und verschämt. Er liess seinen Blick über die Weide wandern, warf dem hässlichen Bock einen drohenden Blick zu und strich mit seiner Schnauze über den Körper der koketten Ziege, bis zu ihrem Hinterteil, an dem er schnupperte. Der Blick des anderen Bocks blieb unruhig. Angst lag darin, Spannung und Überraschung.

Da begriff Assûf plötzlich. Der ansehnliche Bock war gar kein Ziegenbock, es war ein Mufflon, ein echter Mufflon. Der Blick des anderen Bocks, seines Konkurrenten, verriet es ihm. Ein riesiger, aschgrauer Mufflon mit silbern leuchtenden Haaren im dichten Fell, einem langen Bart am Kinn und einem von zwei riesigen Hörnern gekrönten Kopf. Seltsam, dass ihm das nicht sofort aufgefallen war, dass dieser Bock, den er bewundert und dessen Bewegungen und Tändeleien mit der Ziege er verfolgt hatte, nicht ein normaler Bock war, sondern ein gewaltiger Mufflon.

Unten im Wadi sah er nun zwei Mufflonweibchen, die sich dort mitten in der Herde herumtrieben. Weder sein Vater noch seine Mutter hatten ihm je erzählt, dass der scheue Mufflon zu Ziegen und Schafen ein solches Zutrauen fasst, dass er in aller Seelenruhe mit ihnen zusammen weidet und die Böcke sich sogar zu Tändeleien mit den Ziegen hinreissen lassen.

Als der Vater ihn wenige Wochen vor dem tödlichen Unfall mit einigen Kamelen zum Holzholen nach Abarhôh mitnahm, fragte er ihn, ob er denn glaube, Tiere verstünden nichts, nur weil sie nicht reden könnten wie er. „Nein, sie sind intelligenter als du und ich." Damit reagierte er auf Assûfs Spötteleien über seine Zärtlichkeitsbekundungen gegenüber seinem Mehri-Kamel, dem Schecken, mit dem er bei Tag und bei Nacht sprach: am frühen Morgen, bevor er sein Gebet verrichtete, am Mittag, bevor er seine Mahlzeit einnahm, und am Abend, bevor er sich schlafen legte. Er strich ihm am ganzen Körper übers Fell und liess seine Hand an seinem langen Hals entlanggleiten. Er spielte zärtlich mit seinen grossen, herabhängenden Lippen und wischte den Schaum davon ab. Dann drückte er den Kopf des Kamels an sich und fragte immer wieder: „Ist dir in der Wüste je ein schöneres Kamel unter die Augen gekommen? Kennst du ein gehorsameres, geduldigeres oder mutigeres? Hast du je ein intelligenteres oder verständigeres gesehen? Bei Gott, wie schön es ist, wie wundervoll gescheckt! Schau es dir nur an, seine Augen, seine Zähne, seinen schlanken Hals, seine Flanken. Alles an ihm ist wohlproportioniert und elegant. Selbst sein Bauch unterscheidet sich von den Bäuchen anderer Kamelhengste – er ist flach und glatt. Eigentlich hat er gar keinen Bauch, weil er eben ein edler Kamelhengst ist. So einer hat nie einen Bauch und ist deshalb nie gezwungen, sich von seiner Geliebten wegen seines Bauchs zu entfernen wie die gefrässigen Kamelhengste. Dieser Schecke ist der Geliebte aller Kamelstuten in der grossen Wüste. Gestern erst hat mir ein vorüberziehender Hirte die Bewunderung und das Lob von den schönen Kamelstuten von Tamanrasset überbracht. Sie haben ihm ein neues Halfter geschickt, verziert mit verschiedenen Farben, bestickt mit Goldfäden. Alle Kamelstuten kennen seinen Wert, und sie lieben ihn, weil er der schönste und edelste Kamelhengst in der ganzen Wüste ist." Dann holte er ihm eine Extrahandvoll Gerste, die er nie auf seine Wege mitzunehmen vergass, und liess ihn aus der offenen Hand fressen. Ja, er verwöhnte ihn sehr und gab ihm sogar von seinen spärlichen Wasservorräten zu trinken. In der Wüste ist der Wasservorrat Lebensvorrat, und nie wird ein Reiter es wagen, damit verschwenderisch umzugehen, da er immer vom Verdursten bedroht ist.

Während dieser unterhaltsamen Tändeleien erteilte ihm der Vater gern Ratschläge. „Du solltest dich immer um deinen Kamelhengst kümmern. Wenn du ihn nicht liebst, wird er dich nicht verstehen und dir im Notfall auch nicht beistehen. Das Tier ist treuer als der Mensch." Bei Nacht erzählte er ihm dann von einem wirklich treuen Kamel, das seinen Herrn aus der Gewalt seiner Feinde rettete. Sie hatten ihn bei einem Beutezug umzingelt und schlossen den Kreis immer enger. Fast wäre er in Gefangenschaft geraten, und nur die Tüchtigkeit und der Mut seines Kamelhengstes bewahrten ihn davor. Dieser durchbrach die Umzingelung der Feinde, ohne sich um die Speere und die Messer zu kümmern, die ihn trafen. Sein Blut floss in Strömen, doch er erreichte mit seinem Herrn sicheres Terrain. Dann sank er in die Knie, streckte seinen Hals, legte den Kopf auf die Erde und starb.

Auch in jener Nacht schloss er seine Erzählungen von den Tieren mit dem traurigen Lied über die Gazellen, jenes, das er immer dann sang, wenn der Mond sich ein paar Handbreit über die Erde erhoben hatte und sein mattes, silbernes Licht geheimnisvoll und zauberhaft das weite Land überflutete. Dann weinte der Vater auch schon einmal über die Gazellen und murmelte wie zu sich selbst: „Wie schön doch ihre Gestalt ist! Wie elegant doch ihr Wuchs ist! Wie weich doch ihr Körper ist! Der Zauber flutet aus ihren Augen. Das schönste Geschöpf auf dieser Welt! Die Seele der Sandwüste. In ihm liegt ihre Weite, ihre Ruhe und ihre Stille und der Zauber ihres Mondes. In ihm liegt das Unerreichbare. In ihm liegt die Freiheit. Daher begehrt auch kein Geschöpf, eine Gazelle lebend zu fangen. Und doch quält es mich, dass ich bis zum heutigen Tag noch keine Gazelle lebendig gefangen habe." Dann glänzten Tränen in seinen Augen. Er verhüllte sie mit seinem Schleiertuch, bevor er mit erstickter Stimme hinzufügte: „Mir ist es unverständlich, warum der verbrecherische Mensch ein engelsgleiches Wesen wie dieses jagen muss, nur um es zu töten und in sich hineinzustopfen? Würde der Mensch wirklich verhungern, wenn er keine Gazelle tötete? Warum hungert er, bis er gezwungen ist, das Blut dieses zauberhaften Geschöpfs zu vergiessen? Vielleicht hat Gott uns ja deshalb Grenzen gesetzt und uns gehindert, sie lebendig in unsere Gewalt zu bringen." Doch wenn die Rede auf den Mufflon kam, veränderten sich seine Züge, und er sagte geheimnisvoll: „Mit dem Mufflon ist es etwas anderes. Vor dem Mufflon fürchte ich mich."

Aber auch der Mufflon ist gewitzt. Da suchte er also Gesellschaft. In den letzten Jahren, nach dem Tod des Vaters, nachdem Ruhe in den Wadis von Massâk Satfat eingekehrt war und Jäger, Hirtenhunde und Abenteurerflinten verschwunden waren, hatte in dieser Gegend niemand mehr einen Mufflon erlegt. Das Tier wurde zutraulich und kam herab von seinen Zufluchtsstätten hoch in den Bergen und scheute sich sogar nicht einmal mehr, mit den Ziegen und Schafen auf den Weiden unten im Talgrund das spärliche Futter zu teilen.

Das Gelübde hatte es dem Sohn verboten, das Handwerk des Vaters zu übernehmen, und der Vater musste sterben, weil er das Gelübde gebrochen hatte. Gelübde sind nicht zum Scherzen, und der Mufflon weiss das. Wie sollte er auch nicht, wo er doch die Seele der Berge ist? Die Seelen stammen aus dem Geiste Gottes und wissen alles. Sie wissen, was die Menschen im Herzen verborgen halten. Das ist der Grund für seinen Vorwitz und seine erstaunliche Zutraulichkeit.

Der gewaltige Mufflon stiess sich fast mit dem hässlich zottigen, eifersüchtigen Bock, der mit dem Vorderhuf provozierend in der Erde scharrte und sich zum Kampf bereit machte. Bei Gott, wer hätte je einen Mufflon gesehen, der sich mit einem Ziegenbock stösst? Unwillkürlich nahm Assûf Stock und Strick und ging ins Wadi hinunter, schlich im Schutz der Felsen und des wilden Gestrüpps näher, bis er oberhalb der Stelle stand, wo sich der Mufflon tummelte, die schöne Ziege verfolgte und die herausfordernden Gesten des eifersüchtigen Bocks nicht zur Kenntnis nahm. Er bewegte sich stolz und erhaben. Silberner Staub lag auf seinem aschgrauen Fell und schimmerte in der Sonne, was ihn noch majestätischer und geheimnisvoller erscheinen liess.

Irgendwie war er aufgestanden und hatte sich dorthin geschlichen, wo das besessene Tier stand. Er wusste nicht einmal, was er eigentlich vorhatte. Eine unbekannte Kraft drängte ihn zu ihm hin. Er vergass das Gelübde, vergass das Schicksal des Vaters, wurde gepackt, hingezogen, seines Willens beraubt. Sein Vater sagte ebenso wie seine Mutter, dass einen die Seele des Mufflons anziehe, in die Irre führe, um den Verstand bringe und des Willens beraube. Dann ist der Jäger hilflos, fortgerissen und besessen, er springt auf allen vieren herum und verfolgt das Tier über die erbarmungslosen, harten, glatten Felsen.

Wirklich, was ihn an jenem Tag das Gelübde vergessen liess und was ihn willenlos und wie von einer Leidenschaft gefesselt hinter dem Mufflon herführte, das bleibt für immer ein Geheimnis. In diesem Tier wohnt ein immerwährendes Geheimnis, wie es sich nicht einmal in der zauberhaften Gazelle findet. Der Vater hatte recht, wenn er sagte: „Vor dem Mufflon fürchte ich mich." Sein Gefühl trog ihn nicht. Er fand sein Ende durch ihn.

Bei Gott! Was, wenn nicht Wahnsinn, trieb ihn, jenes Seil über die Hörner des gewaltigen Mufflons zu werfen?

Welche geheime Kraft brachte ihn dazu, den Palmstrick am Kopf des hünenhaften, unbändigen Tieres festzumachen und sein Schicksal für immer an das seine zu binden? War das auch auf der Tafel aufgezeichnet seit Urzeiten, schon längst bevor er im Leib seiner Mutter entstand und dann in diese erbarmungslose Welt geboren wurde? Was für ein Rausch? War es die Verzückung, hervorgerufen durch die Lieder, die Musik und die Trommeln der Sufis in den Oasen, von denen ihm der Vater erzählt hatte?

Aber die harten Felsen wussten ihn aus seinem Rausch und seiner Verzückung zu wecken. Das Wahnsinnstier sprang in die Luft, kaum dass sich der Strick in seinen majestätischen Hörnern verfangen hatte. Es preschte los und rannte auf den steinübersäten Berghang zu. Dabei schleifte es ihn mit einer Leichtigkeit, die nicht zu seiner Grösse passte, durch das ganze Wadi hinter sich her. Ja, der Vater hatte recht, wenn er erklärte: „Wenn der Mufflon einmal losstürmt, zerrt er dich zu dem erbarmungslosen Felsen, zu den unzugänglichsten Stellen der Berge." Er preschte los und rannte zu dem Berghang, zu jener Geröllhalde, wo die scharfen Steine herausragen wie die Hauer aus dem Maul wilder Tiere. In den Bergen war seine Zuflucht, seine Festung, seine Rettung. Assûf hielt krampfhaft das Seil umklammert, während der Mufflon mit hektischen Bewegungen seinen Kopf schüttelte und versuchte, sich aus der Schlinge zu befreien. Dabei lief er immer weiter auf die Felsen zu, bis er den mit schwarzen Steinen bestückten Berghang erreichte. An einem Felsen versuchte Assûf, sich festzuhalten, liess ihn sofort wieder fahren. Ein weiterer Augenblick, und ein hochragender Stein stellte sich ihm entgegen. Er krallte sich mit seiner linken Hand daran fest, in der rechten hielt er immer noch das Seil. Das wütende Tier zog auf der einen Seite, während er sich auf der anderen an dem Stein festklammerte. Er spürte, dass ihm die Haut von der Hand, der Arm von der Schulter gerissen würde, aber er zwang sich, den Stein nicht loszulassen. Gleich darauf löste sich der Stein aus der Erde, und der Mufflon schleifte beide, Stein und Mensch, weiter. Erst nach einigen Augenblicken merkte er, dass er mit seiner linken Hand einen langen Stein hinter sich herzog, während jener Mufflon immer weiter in das Reich vordrang, das keiner kannte wie er und das keiner beherrschte ausser ihm. Er liess den Stein fahren und spürte nun das Brennen. Sein Körper brannte wie Feuer. Die Steine rissen Wunden in seine Haut.

Nasses überströmte sein Gesicht, der Schweiss. Nasses überströmte seine Schultern, seine Beine, seine Hände und seine Arme, das Blut. Gleich zu Beginn des Kampfes waren seine Kleider in Fetzen gegangen. Steine und Bäume auf dem Weg hinauf in die Bergfestung hatten daran gerissen.

Er sprang von einem Stein zum anderen, von Furcht erfasst, als er sah, zu welch enormen Felsen er gezogen wurde. Sollte er sich von dem Strick trennen? Sollte er nicht doch lieber loslassen? Aber wie könnte er jetzt nachgeben, nach einem solch wilden Kampf? Wie könnte er jetzt aufgeben, nachdem er Blut vergossen hat, nachdem die Steine seinen Körper zerfetzt haben? Wie könnte er zuhause, so übel zugerichtet, blutverschmiert, besiegt und mit leeren Händen, seiner Mutter gegenübertreten? Wie könnte ein Jäger sich mit Blut besudeln und dann mit leeren Händen zurückkehren, ohne Beute?

Ein noch grösserer Stein! Er umklammerte ihn mit dem linken Arm. Jetzt werden wir sehen, wer von uns der stärkere ist. Wer ist wohl stärker? Ein junger Mann, der ein wildgewordenes Kamel zu bändigen vermag, oder ein Mufflon, der mit seinen Hörnern die Felsen spaltet? Von der Kraft des Mufflons erzählen die Märchen der Wüste. Er hielt mit dem Arm den brennenden, glatten schwarzen Felsen umfangen. Aber der Mufflon zerrte unerbittlich am Seil, hektisch und ruckartig. Sein rechter Arm würde ihm von der Schulter gerissen werden. Er versuchte, seine brennenden, blutenden Füsse einzusetzen. Aber das Riesentier gab ihm keine Gelegenheit zum Manövrieren. Seine Sprünge wurden immer irrsinniger, sie zerrissen und zerschnitten alle seine Gliedmassen. Da suchte er sich zu helfen, indem er schrie. Er schrie, dass es von den Bergen widerhallte wie das Gelärme der Dschinnen. Er ertrug es nicht länger. Dieses Tier, mächtig und kräftig! Er musste einen Ausweg finden. Eine List. Geduld und List. Sein Vater sagte immer, nur mit Geduld und List verlaufe das Leben geradeaus. Auch Kriege werden nur mit Geduld und Listen gewonnen. Das Leben ist ein Krieg, und er hat sich auf einen solchen eingelassen. Wenn die Bestie nicht ermüdet, wenn er sie nicht zur Erschöpfung bringt, wird er nichts erreichen. Der Mufflon ist unbändig und stark. Er liess den Felsen los und fühlte sich benommen, ruhig, hoffnungslos. Verfluchte sich, weil er den Felsen losgelassen hatte.

Die Jagd ging weiter. Nein, keine Jagd. Ein Zerren. Er wurde weiter über den Berghang mit seinen scheusslichen Zähnen gezerrt. Die Wunden spürte er nicht mehr, nur das warme, flüssige Blut, das auf seinem Körper erkaltete und gerann. Wenn der Schmerz ein gewisses Mass überschritten hat, spürt ihn der Körper nicht mehr. Die Gliedmassen sterben, und der Schmerz verschlingt den Schmerz. Der Schmerz lindert den Schmerz. Der Mufflon erklomm die unwegsamsten Felsen. Da schloss Assûf die Augen, um nicht die grässlichen, riesigen Steinbrocken sehen zu müssen. Ganz kurz kam er auf seine beiden Füsse zu stehen, festgebunden an sein Opfer, seinen Henker, torkelte er hinter ihm her, kurz darauf fiel sein zerfetzter Körper nach hinten.

Mit grossen Schritten folgte er ihm, stiess gegen Steine, prallte gegen Felsen, bis sie schliesslich oben auf dem Berg waren. Der Mufflon rannte ein kurzes Stück am schwindelerregenden Rand des Gipfels entlang. Dann, mein Gott, was hat er nur vor? Wohin zieht er mich? Zur Hölle. An der schlimmsten Stelle sprang er in die unbekannte Tiefe, die Hörner schlugen gegen einen Felsen, und einen Augenblick später, einen blitzartigen Augenblick später, hing Assûf an einem Felsvorsprung, ganz oben am Berg, baumelte über der bodenlosen Hölle. Irgendwie und irgendwann hatte er das Unglücksseil losgelassen, und irgendein Schicksal hatte ihn zu diesem Felsvorsprung geführt, an den er sich klammerte, über dem bodenlosen Schlund der Hölle. Er hielt den Atem an und schaute hinab, versuchte die Tiefe der Hölle auszumachen. Doch da war nichts als Finsternis. Sein Herz pochte schnell, sein Atem ging hastig. Er versuchte, sich klarzumachen, was geschehen war, spürte heftigen Durst. Kehle und Mund waren ausgetrocknet. Er blutete am ganzen Körper. Die Sonne schien noch immer erbarmungslos, obwohl es schon Nachmittag war und sie sich gegen Westen neigte. Ihre Strahlen fielen auf seinen blossen Kopf. Den Turban hatten ihm schon in den ersten Augenblicken des Kampfes die Sträucher des Wadis vom Kopf gerissen.

Er wartete, bis sein Atem wieder ruhig ging. Dann schaute er nach rechts und nach links, um sich ein Bild von der Stelle zu machen. Forschte nach einem Weg zur Rettung. Versuchte, mit seinen Füssen nach oben zu kommen, doch da fielen ihm Steine auf den Kopf. Der Himmel drohte ihm bei einer Wiederholung des Versuchs mit dem Sturz in die Hölle. Er schaute hinab, um einen Felsen oder eine Nische zu finden, in die er springen könnte, um sich aus der Hölle zu retten. Doch der einfältige Felsen ragte direkt in die Finsternis hinab. Er schien am Himmel aufgehängt.

Assûf bewegte seine zitternden Hände, die sich an den Vorsprung über seinem Kopf krallten, wandte sich nach links und tastete den hohen Felsen ab. Doch der Vorsprung ragte aus einer glatten Felsplatte hervor, die keinerlei Halt bot. Langsam und vorsichtig drehte er sich nach rechts. Doch auch hier war nur ein glatter Rand, der sich nach oben zog und ebenfalls keinerlei Halt bot. Er war zum Gefangenen von zwei Handbreit Erde geworden.

War das sein Grab? War es das, was man Grab nennt? Er hatte Angst und weinte. Nein, er weinte nicht wirklich. Aus seinen Augen brach eine glutheisse Flüssigkeit hervor, die auf seinen Wangen brannte. War es die Wut? Die Angst? War es das Gefühl der Niederlage? Oder die Reue, weil seine Gier und der Bruch des Gelübdes ihn in diese Falle geführt hatten? Auch sein Vater starb, weil er das Gelübde gebrochen hatte. Würde er sterben? War der Tod so einfach? War er dem Tod so nahe, dass es nur einen Augenblick der Schwäche brauchte, in dem er die Finger seiner Hand lockerte und in die Hölle stürzte? War das Leben so kurz? Warum hatte ihm weder der Vater noch die Mutter erzählt, dass der Tod so einfach und das Leben so kurz ist und dass dich ein Augenblick der Torheit in die Hölle führen kann? War es nicht eine Torheit, die ihn dazu getrieben hatte, den besessenen Mufflon anzugreifen und ihm den Strick um die Hörner zu wickeln? Was bedeutete sonst jener Augenblick? War es das, was man Schicksal nennt? Der Vater und die Mutter wiederholten unablässig dieses Wort, doch erst jetzt verstand er, was es bedeutet. Schicksal. Schicksal. Das Unbekannte, das dir einen Mufflon bringt, der dich in die Hölle lockt.

Seine Hände waren nicht mehr stark genug, ihn zu halten. Die Schwäche besiegte seine Kraft. Mit der Ruhe begann der Schmerz. Alle seine Gliedmassen klagten und schmerzten. Er kannte das von seinen Kämpfen mit den Kamelen. Die Schwäche kommt immer erst später. Die Wunde schmerzt immer erst, wenn das Blut erkaltet ist. Doch jetzt konnte er sich nicht dem Schmerz hingeben. Der Kampf war noch nicht beendet. Die Ruhe hatte noch nicht begonnen. Der Kampf fand jetzt über dem gähnenden Schlund der Hölle statt. Mitten in der Ruhe. Wenn er sich jetzt dem Schmerz hingäbe, wäre er verloren. Aber was war mit dem Durst? Wie sollte er, zwischen Himmel und Erde hängend, den Durst ertragen? Seine Kehle war ausgetrocknet, seine Lippen waren gesprungen, trocken, speichellos. Er versuchte, Speichel aus sich herauszuholen. Fand nichts. Die Trockenheit sass ihm tief im Hals. Erstreckte sich von dort bis in den Magen hinab. Während des Kampfes war alle Feuchtigkeit aufgebraucht worden. Mit den Schweissfäden hatte sie den

Körper verlassen. Er musste unbedingt seinen trockenen Mund befeuchten, brauchte unbedingt einen Tropfen, um die Risse in seiner Kehle zu spülen. Mit seiner schweren Zunge leckte er die Tränen auf, die ihm über die Lippen flossen. Sie schmeckten salzig. Aber lieber Salzgeschmack als ein zerrissenes Herz. Dann löste er seine rechte Hand und begann, das noch flüssige Blut abzulecken. Es war salzig und klebrig. Er führte seine rechte Hand zurück, fasste damit wieder den Felsvorsprung und leckte das Blut von seiner linken Hand ab. So wechselte er seine Hände lange Zeit ab, entspannte die rechte Hand für einige Augenblicke, führte sie zu dem Vorsprung zurück und entspannte dann die linke.

Vor seinem Gesicht zog eine Wolke vorbei. Phantasien des Durstes und der Ermüdung. Bald würde er in die Hölle stürzen. Früher oder später musste es geschehen. Worauf wartete er? Wie lange noch würde er durchhalten, aufgehängt wie eine Fledermaus an einem Stein? Worauf wartete er? Wer würde ihm Wasser zum Trinken bringen, wer kommen, ihn aus dieser Falle zu retten? Seine Mutter war eine alte Frau, die nie die Höhlen verliess, sein Vater war tot, und die Welt bestand aus nichts als Wüste. Wer das einsame Wüstenleben wählt, muss für sich selbst einstehen – eine Weisheit, die ihn das Leben seines Vaters gelehrt hatte. Dieser hatte mit seinem Leben dafür bezahlt. Auch er würde mit seinem Leben dafür bezahlen. War das die Freiheit? War es denn ein todeswürdiges Verbrechen, sich von den Leuten fernzuhalten? War es Gott gegenüber undankbar, in der Einsamkeit zu leben? Warum quälte er sich noch? Sein Schicksal war besiegelt. Ebensowenig wie zuvor seinen Vater würde ihn ein Wunder retten. Es gibt keine Wunder in der Wüste. Wenn du in eine Falle trittst, musst du allein wieder herausfinden, und wenn du das nicht schaffst, musst du dein Schicksal tapfer akzeptieren. Sollte das heissen, dass er nur einen Augenblick lang seinen Griff an dem Felsvorsprung lockern müsste, und alles wäre für immer zu Ende? Es genügte, dass er seine Finger löste oder aufhörte, seine Hände abzuwechseln bei dem „rettenden Seil", dem kleinen Felsvorsprung. Er würde stürzen und sein Herz bersten, noch bevor er auf dem Grund aufschlüge. Es würde überhaupt nicht schmerzen. Dort gab es keinen Schmerz mehr. Der Schmerz war hier, am Felsen, an dem er sich festklammerte, am Leben. Der Vorsprung war das Leben. Ein erbarmungsloses Leben!

Wo war der Mut? Wo die Würde? Wo die Angst, etwas Schändliches zu tun? Wo waren all die Dinge, die sein Vater in sein Herz zu pflanzen versucht und dafür mit dem Leben bezahlt hatte? Er selbst lebe weiter, sagte er ihm, solange diese Werte im Herzen seines Sohnes lebendig seien. Sterben werde er erst, wenn er auch nur einen einzigen verrate. So war der Vater auch im Tod unsterblich. Aber er würde nie auch nur einen einzigen Wert verraten, wenn er leben wollte. Wenn es aber so leicht war, mit dem Leben abzuschliessen, warum hat es Gott uns dann gegeben? Das Leben. Die ewige, traurige Wüste. Die glücklich herumspringenden Schafe und Ziegen, die umherziehenden, eleganten Gazellen, das Summen der Mutter in der Höhle während der Winternächte. Das war das Leben. Wie könnte er sich davon trennen? Wie könnte er seine Hand lockern, um es aufzugeben und sich in die Hölle fallen zu lassen?

Das Zauberwort

Nie wird er sich von dem Felsvorsprung fallen lassen, nie seinen Griff lösen. Ja, fast hätte er die Mahnung des Vaters vergessen. „Ich mahne dich zur Geduld. Wie kannst du in der Wüste ohne Geduld auf dem geraden Weg bleiben? Wem die Gnade der Geduld nicht gegeben ist, der ist in der Wüste nicht gut aufgehoben. Du brauchst Geduld und List. Sie sind das Geheimnis der Wüste. Niemand kann vorhersagen, woher die Rettung kommt, vom Himmel oder von der Erde. Wichtig ist, dass du geduldig wartest. Geduld ist das Zauberwort."

Der Abend senkte sich, und die Dunkelheit breitete sich aus. Mehrmals versuchte er, Speichel zu schlucken; es gab keinen. Seine Kräfte schwanden völlig. Die Bewegung seiner Hände wurde langsam, schwer, alle Kraft in seinen Händen konzentriert und die geheimnisvolle Stärke, mit der ihn die Wüste während all dieser Jahre versorgt hatte, in sein Herz gesenkt. Die Kraft des Mannes liegt nicht in seinem Körper. Sie liegt in seinem Herzen.

Mit dem Einbruch der Nacht begann der Kampf mit seinem Herzen. Es war das Herz, das ihn wach hielt. Er riss seine Augen auf, die sich schliessen wollten, und saugte noch mehr Blut aus den Wunden an seinen Armen. Als er nichts mehr zu saugen fand, biss er sich auf der Suche nach Flüssigkeit, nach Blut, in die Hände. Die Finsternis und die Stille um ihn waren noch erbarmungsloser als die Hölle dort unten. Er lauschte der Ruhe und versuchte, die Gespräche der Dschinnen aufzuschnappen. Wo waren nun jene guten

Dschinnen, die sich sonst so gerne lautstark unterhielten? Warum kamen sie nicht, um ihn zu retten? Warum nicht wenigstens, um ihm Gesellschaft zu leisten in der Einsamkeit über der Hölle? Wo seid ihr jetzt, ihr Dschinnenschar? Aber die Dschinnen reagierten nicht. Sie liessen sich nicht blicken und nichts von sich hören in dieser Nacht.

Die Ziegen hatten sich davongemacht. Sie würden die schützenden Höhlen aufsuchen, wenn die Wölfe sie nicht zuvor zerrissen. Aber die arme alte Frau, was würde sie tun, wenn sie die Herde allein, ohne ihn zurückkehren sähe? Sie würde vor Angst sterben. Ja, mein Gott, wenn er starb, würde auch sie sterben. Warum er daran nicht schon früher gedacht hatte? Sein Verstand war völlig verstört. Doch die Kraft seines Herzens liess ihn jetzt klar erkennen, dass ihn etwas viel Schrecklicheres als nur der Tod erwartete. Seine Mutter würde allein zurückbleiben. Irgendwann würden die Wölfe sie zerreissen. Ohne ihn war sie verloren. Auch sie würde den Preis für die Einsamkeit bezahlen, den Preis für die Freiheit und dafür, dass sie sich von der Unbill durch andere Menschen ferngehalten hatte. Dort gab es Leid und Erniedrigung, hier die Freiheit und den Tod. Darum hatte sie sich immer mit dem Vater gestritten und ihm Vorwürfe gemacht, weil er den Kontakt zu Menschen mied. Sie hatte begriffen, dass das nicht gut ausgehen würde. Aber sie hatte keine andere Art des Protests als ihre Tränen. Und jetzt war sie allein in der Höhle, weinte und wartete auf ihr Ende. Nein. Nein. Er würde nicht sterben. Er durfte nicht sterben. Er musste etwas unternehmen, um sich aus dieser Falle zu befreien. Er bewegte seine Füsse und versuchte mit der ganzen Kraft seines Herzens, sie auf den Vorsprung zu bringen. Er hob sie bis über seinen Kopf, doch da rieselten wieder Steinchen und Erde herab, und der Vorsprung drohte sich von dem Felsen zu lösen. Verzweifelt liess er seine Füsse sinken, löste dann seine rechte Hand und liess sie in der Luft baumeln. Sie war steif wie ein Akazienzweig.

Er atmete tief ein. Dschinnen, ach ihr gute Dschinnenschar, wo seid ihr nur? Wem die Gnade der Geduld nicht gegeben ist, für den ist in der Wüste kein Platz. Aber woher sollte die Rettung kommen, selbst wenn er hier tausend Jahre hinge? Gottes Wüste war weit, und diese Stelle hier lag weder an einem Karawanenweg, noch war sie ein Weidegrund für Hirten. Selbst wenn ein Wunder geschähe und Gott ihm einen Retter schickte, wie sollte der ihn an diesem versteckten Ort hoch über der Hölle finden? Es gab keine Hoffnung mehr, gar keine! Doch da hörte er die Stimme seines Vaters: „Du musst ausharren, auch wenn du die Hoffnung verloren hast. Das ist das Gesetz der Wüste." Und unwillkürlich zerriss er mit einem furchtbaren Schrei, einem Schrei der Verzweiflung, die tiefe Stille. Ah ... Ah ... Ah ... Ah ...

Und die Gipfel der Berge, gehüllt in Schweigen und Finsternis, gaben den Schrei verstärkt zurück. Ah ... Ah ... Ah ... Ah ... Das Echo hallte lange nach. Die Dschinnen aber reagierten nicht. Und dass ihm die Menschen zu Hilfe kämen, diesen Wunsch hegte er nicht. Die Menschen existierten nicht, schon seit langer Zeit nicht mehr. Seit ihnen der Vater diese Welt überlassen und sich in die ewige Weite zurückgezogen hatte, wollte er nichts mehr von ihnen, hütete sich nur noch vor ihrer Schlechtigkeit und rettete sich vor der Unbill, die von ihnen ausging. War das die Strafe für den, der verlernt hatte, mit den Menschen zu sprechen?

Er ermattete. Doch auf dem Tiefpunkt angelangt, schöpfte er neue Kraft aus dem Herzen. Er leckte die Wunden an seinen Armen, die angetrockneten Blutfäden. Geduld. Geduld. Jeden Augenblick könnte er das Bewusstsein verlieren. Ihm war schwindlig. Eine Wolke zog durch seinen Kopf. Er versuchte sie abzuschütteln und bekämpfte sie mit einem nochmaligen Schrei. Ah … Ah … Ah … Ah … Und wieder warfen die Berge den Schrei verstärkt zurück. Ah … Ah … Ah … Ah … Und wieder wurde der Schrei allumfassend. Kein Flüstern. Keine Bewegung. Kein Murmeln. Keine Dschinnen. Es gab keine Dschinnen hoch oben auf den Bergen. Wo waren die Dschinnen geblieben?

In seinem Herzen kämpfte er gegen die Müdigkeit und die Gespenster der Erschöpfung. Phantasiebilder schwebten vor seinen Augen und lockten ihn, das Band des Bewusstseins durchzuschneiden. Wenn er das Bewusstsein verlor, fiel er in die Tiefe. Wenn ihn die Kraft seines Herzens verliess, stürzte er in die Hölle. Er durfte nicht vergessen, welches Los der armen Mutter zuteil würde, sollte er umkommen. Was würde aus der alten Frau in dieser Wüste? Sie würde verdursten, verhungern oder von den Wölfen zerrissen. Nein, er durfte nicht sterben. Er hatte nicht das Recht, zu sterben und sie allein diesem schrecklichen Los zu überlassen. Das wäre frevelhaft. Er hatte den Pakt gebrochen und die Strafe verdient. Aber was war ihre Schuld, dass sie durch seinen Tod auch sterben sollte? Wo war da die Gerechtigkeit? Wo war da Gott?

Als er sieben Jahre alt war, beschloss sein Vater, ihn die erste Sure des Korans zu lehren, und fragte ihn, ob er denn wisse, wo Gott ist.

„Im Himmel", antwortete er und wies mit dem Finger in die Höhe.

Da lachte sich der Vater halbtot. „Hier ist Gott, nicht im Himmel", sagte er und zeigte auf seine Brust. Dann murmelte er noch wie zu sich selbst: „Im Herzen, bei uns, in uns." Danach schaute er ihn ganz seltsam an, als kehrte er von einer langen Reise in ein fernes Land zurück. „Wenn man dir diese Frage stellt", flüsterte er, „dann sag nur: im Herzen. Und hüte dich, mit dem Herzen einen Fehler zu machen."

Damals konnte er mit dieser Äusserung nichts anfangen. Wie konnte der grosse, gewaltige, allmächtige Gott in dem kleinen Herzen wohnen, das in diesem engen Brustkorb eingeschlossen war? Doch hier, an der Felsspitze hängend, spürte er, dass der Selige recht gehabt hatte. Woher sollte er seine Kraft zum Durchhalten schöpfen, wenn nicht aus dem Herzen? Ohne jene geheimnisvolle Kraft, ohne Gott im Herzen, wäre er schon lange in die finstere Hölle gestürzt, die ihn an den Füssen in die Tiefe zog.

In der zweiten Hälfte der Nacht kam es ihm vor, als sei er eingedöst. Hängend eingedöst. Seltsam, dass er nicht abgestürzt war. Vielleicht hatte er sich das ja nur eingebildet. Vielleicht war er ja gar nicht eingedöst. Die Schmerzen kehrten zurück, erbarmungsloser als zuvor. Er war am Ende, konnte nicht mehr. Keine Hoffnung, gar keine. Wo war die Kraft des Herzens geblieben? Wo war Gott? Nicht mehr lange, und er würde abstürzen. Sogar die Fähigkeit, seine Hände zu bewegen, hatte er verloren. Er konnte nicht mehr abwechseln zwischen Entspannen und Festhalten. Alles war zuende. Für ihn gab es keine Hoffnung mehr. Auch für seine

Mutter nicht. Ihr war ein elendes Dasein bestimmt. Sie würde sich vor ihrem Tod noch lange quälen. Ja, das war das schlimmste, dass sie sich noch quälen würde, bevor sie stirbt. Er stiess einen Todesschrei aus. Das Röcheln eines Strangulierten kurz vor dem Ende. Die Stimme entsetzte ihn, und seine Verzweiflung wuchs. Er löste seine rechte Hand von dem Felsvorsprung. Bald wäre alles zuende. Die Hoffnung ebenso wie der Durst. Das schreckliche Gefühl, dass seiner einsamen Mutter ein schlimmes Los drohte. Alles würde verschwinden. Die ewige Wüste nicht mehr sein. Nie mehr würde er Gazellen beobachten. Nie mehr eine Fata Morgana am Horizont tanzen sehen. Wie erbarmungslos, dass die Wüste nicht mehr wäre! Wie würde er den Abschied von der Wüste ertragen? Das Schlimmste neben dem grauenvollen Los der Mutter, das war, die Wüste nicht mehr ansehen zu können, die ewige, bis sie in Gottes Grossmut einging. Und ... Er hörte Schritte über seinem Kopf. War es ein Wahnbild in der Stunde des Todes? Der Todgeweihte sieht, was andere Menschen nicht sehen; er hört, was andere Menschen nicht hören. Langsame, vorsichtige, zögernde Schritte. Geräusche von Füssen, unter denen die Steine wegrollten. War das denkbar? War es möglich, dass ein Wunder geschah? Ausgeschlossen. Phantasiegebilde eines Todgeweihten. Genau ihm gegenüber spaltete sich der Horizont und gab einen dünnen Faden aus grellem Licht frei. Das erste Licht des Tages. Wieder Stille für einige Augenblicke. Er lauschte. Hoffte, nochmals jene Schritte zu hören, die, wenn auch nur Illusion, doch Hoffnung in das Herz senkten. Er öffnete die Augen, konnte es nicht glauben. Etwas Rauhes berührte seine am lebenserhaltenden Felsvorsprung verkrallten Finger. Etwas Rauhes. Ein Seil? Er hielt den Atem an und öffnete seine leblosen Finger. Griff nach dem Etwas. Ein Seil. Ein rauhes Palmseil. Unvorstellbar! Er packte es mit beiden Händen, hängte sich daran. Würde es nie mehr loslassen. Würde sich daran festklammern, auch wenn Feuer seine Hände verbrennen sollte. Das Seil zog ihn hoch. Schon schaute er mit dem Kopf über den Rand, konnte aber in der Dunkelheit nichts Genaues erkennen. Ein Körper bewegte sich vor ihm und zog ihn mit aller Kraft hoch. Waren das die Dschinnen? Der Körper bewegte sich weiter. Zog ihn aus dem gähnenden Schlund der Hölle. Schon berührte seine Brust den Felsrand, und plötzlich hatte er das Gefühl, alle Berge, die auf seiner Brust gelastet hatten, seien von ihm abgefallen und in die finstere, wüste Hölle hinabgestürzt. Er war gerettet! Gerettet! Der Dschinn, der ihm das Leben gerettet hatte, schritt weiter über die kahlen Steine, langsam, schweigend und ruhig. Er versuchte, ihn im Morgendunkel zu erkennen. Schloss mehrfach die Augen, öffnete sie wieder und konzentrierte sich ganz auf die geduldige Gestalt. Er sah Einzelheiten. Mein Gott! Es war der Mufflon. Derselbe Mufflon! Sein Opfer. Sein Henker. Wer von beiden war das Opfer? Wer der Henker? Wer von beiden war der Mensch? Wer das Tier?

Der gewaltige Mufflon blieb stehen, hob seinen riesigen, von zwei märchenhaften Hörnern gekrönten Kopf. Er stand jenem geheimnisvollen Faden gegenüber, der den Morgen ankündigt. Jenem Lichtstrahl, in dem sich immer aufs neue das Geheimnis des Lebens verkörpert. Und da plötzlich, im Dunkel dieses göttlichen Leuchtens, erblickte er in den Augen des geduldigen, gewaltigen Mufflons seinen Vater.

Er sah die guten, traurigen Augen seines Vaters, die nicht verstehen konnten, warum ein Mensch einem anderen, seinem Bruder, ein Leid zufügte, der in die Wüste geflohen war und beschlossen hatte, lieber allein in den Bergen zu sterben als zu den Menschen zurückzukehren. Jene Augen, die die unerbittliche Freiheit wählten, ohne zu wissen warum.

Und dort, wo er stand, auf den gefrässigen Steinen, rief er mit gepresster Stimme, als vertraute er seinem Herrn ein Geheimnis an: „Du bist mein Vater. Ich habe dich erkannt. Warte. Ich will dir erzählen …“

Er verlor das Bewusstsein.

Der Waran

Es war Spätnachmittag, als er erwachte. Die Strahlen einer sengenden Sonne holten ihn aus seiner Ohnmacht. Die Sonne der Wüste weckt sogar Tote auf. Obwohl sie schon in den Wolken und der Dunkelheit versank, besassen ihre Strahlen doch noch morgendliche Kraft. Ein Schleier wie ein Sandsturm lag über allem. War es der Wind? Sein Durst wurde ihm wieder bewusst. Der Durst war es, der über alles einen Schleier legte. Er versuchte sich zu regen, da wurden die Schmerzen wach. Mit ungeheurer Anstrengung bewegte er seine Gliedmassen und begann zu kriechen. Er kroch am Abgrund entlang, darauf bedacht, sich von der gähnenden Tiefe fernzuhalten. An sie, so spürte er, würde er sich immer erinnern, selbst wenn er sein Augenlicht verlieren sollte. Nie in seinem Leben würde er sie vergessen. Sein Herz würde ihn warnen, auch wenn er mit verbundenen Augen ginge. Ohne das Herz wäre er nicht gerettet worden.

Er fand eine geeignete Stelle und begann, an den Felsen Halt suchend, hinabzusteigen, rutschte aus und rollte eine weite, eine schier endlose Strecke. Die Steine schürften an allen Gliedern seines Körpers. Doch diese waren tot und schmerzten nicht mehr. Er überliess sich dem Abhang, bis er sich schliesslich an einem Strauch im Wadi festhielt. Er versuchte, seine Augen zu öffnen und seine Gliedmassen zu fühlen, aber der Schleier verdichtete sich. Finsternis legte sich über die Welt.

Nochmals schwand sein Bewusstsein, und irgendwann weckte ihn die Sonne ein weiteres Mal auf. Er streckte seine

Hand aus und las ein paar trockene Blätter auf. Kroch durch das Wadi. Erinnerte sich an die Geduld. Ohne die Geduld wäre er in die Hölle gestürzt. Er unternahm einen weiteren heldenhaften Versuch, holte die letzte noch verbleibende Kraft aus seinem Herzen und kroch rasch durch das Wadi.

Es war ein verzweifeltes Unterfangen, eine letzte Bewegung. Jene Bewegung, die den Tod vom Leben scheidet, wenn der todgeweihte Mensch mit aller Kraft ein letztes Mal die Luft des Lebens einatmen will, auch wenn sein Kopf schon vom Körper getrennt ist. Die Ziege zieht die Luft ein und atmet noch lange, nachdem ihr die Kehle durchgeschnitten wurde, ihr Kopf vom Körper getrennt ist. Der geschlachtete Mufflon steht sogar ohne Kopf auf und läuft noch eine weite Strecke, bevor er sich schliesslich dem Willen Gottes ergibt. Und der Waran. Mit dem Waran ist es noch schlimmer. Man schneidet ihm am Morgen die Kehle durch, und wenn man ihn am Abend rösten will, springt er ganz sicher aus dem höllischen Feuer und rennt noch weit fort.

Zwischen Tod und Leben gibt es ein anderes Sein, einen dritten Zustand, der weder Nichtsein noch Sein ist. Er war jetzt in diesem dritten Zustand. Er kroch durchs Wadi wie eine Schlange, mit einem Schleier über den Augen. Er sah nichts. Nahm nichts wahr. Suchte nach dem Tropfen Wasser, den er am Vortag, vor Beginn des Kampfes, unten im Tal zurückgelassen hatte. Mit zitternder Hand tastete er nach dem Filz der Feldflasche, trank und schlief ein.

In der Nacht wachte er auf. Es war die zweite Nacht, die er fern von der alten Frau verbrachte.

Er irrt umher unter wildem Gehölz,
Hinan die Höhlen und die Klippen
Gleich einem Mufflon,
Elend mit elendem Fuss, verlassen,
Suchend, den Sprüchen zu entrinnen
Des Nabels in der Erdmitte, aber allzeit
Lebendig fliegen sie um ihn.
Sophokles, König Ödipus

Die Verwandlung

Seither empfand er Widerwillen gegen Fleisch, jede Art von Fleisch. Er bemerkte diese Verwandlung, als er einmal von der Weide zurückkam und seine Mutter dabei war, in einem Topf am Eingang der Höhle ein Zicklein zu kochen. Der Duft stieg ihm schon von weitem in die Nase. Ihm wurde schwindlig, er spürte einen Brechreiz, und noch bevor er sein Zuhause erreichte, musste er sich mehrmals übergeben.

Fleisch wurde ihm ekelhaft. Ja, er fragte sich, wie es ihm je hatte schmecken können. Wie konnte nur ein Geschöpf das Fleisch eines anderen essen?! Worin lag denn der Unterschied zwischen dem Fleisch eines Tieres und dem eines Menschen? Wer imstande war, das Fleisch eines Mufflons zu vertilgen, war auch imstande, das Fleisch eines Menschen zu vertilgen. Der Vater hatte sich in dem Mufflon inkarniert, der Mufflon hatte sich in ihm inkarniert. Er selbst und der Selige und der gewaltige Mufflon waren jetzt eins, waren ein untrennbares Ganzes geworden.

Die Mutter machte sich Sorgen. Sie schrieb all das dem Wirken der Dschinnen zu und riet ihm, sich ein Amulett von den Zauberern zu verschaffen. „Sei endlich ein Mann“, schalt sie ihn zornig, „und sprich mit den Händlern der Karawanen, und bitte sie, dir aus Kano oder aus Timbuktu ein Amulett mitzubringen.“ Doch er gab nicht nach und sprach mit den Händlern nicht darüber. Er fürchtete die Dschinnen nicht und wollte sich nicht gegen den Mufflon wappnen. Wer wappnet sich schon gegen sich selbst?

Er erzählte ihr nichts von dem Geheimnis, nichts von seiner Verwandlung.

Die Reise des Körpers

Über diese Verwandlung erzählten sich die Leute in den Oasen allerhand Geschichten. Einmal hatte ihn die Trokkenheit aus der Wüste vertrieben, und zum ersten Mal in seinem Leben war er gezwungen gewesen, in die Oasen hinunterzugehen und sein Glück unter den Menschen zu suchen. Diese „Pilgerfahrt" nach Ghat war genau zu der Zeit, als Capitano Bordello die jungen Burschen in den Oasen zwangsrekrutierte. Er verhaftete sie, schleppte sie nach Mursuk und hielt sie in einem Lager fest, das der Ausbildung von Soldaten für eine Abessinienexpedition diente.

Vor der Dürre hatte der Himmel Ströme von Wasser durch die Wadis geschickt, Ströme, auf die sie nicht gefasst waren und die die alte Frau aus der Höhle fortrissen. Erst drei Tage später stiess er in Abarhôh auf ihre sterblichen Überreste. Die Steine hatten auf der langen Reise ihren Körper zerfetzt. Der kleine Kopf war zerquetscht und kahl. Die Sträucher hatten ihr das kurze, silbergraue Haar abgerissen. Nur ein paar vereinzelte Haare waren unter einer Lehmschicht übriggeblieben. Das rechte Auge fehlte. Die Steine hatten es auf der wilden Reise verschlungen. Die Höhlung war tief und leer. Das andere Auge starrte leuchtend gen Himmel. Am Kopf hing noch, mit einer getrockneten Lehmschicht über dem Blut, ein Teil des Halses. Die anderen Gliedmassen – Hände, Füsse und den Rest des Körpers – fand er während der drei Tage dauernden Suche, zerfetzt und zerstückelt, im ganzen Wadi verstreut. Sie waren wie mit Messerhieben abgehackt. Die rechte Hand hatte sich noch an dornigen Akazienzweigen festgeklammert, ehe sie vom übrigen Körper abgetrennt worden war, und an mehreren Stellen am Arm traten hell die Knochen hervor. Die bestialischen Steine hatten das nackte Fleisch abgerissen. Er versuchte, die Dornenzweige aus ihrer Wahnsinnsfaust zu ziehen; es war unmöglich. Das verwesende Fleisch fiel ab, aber die knochigen Finger lösten sich nicht von den dornigen Zweigen. Sie hatte nach dem Baum gegriffen, während die Flut ihren Körper dahintrieb, und sich daran festgekrallt. Aber die verrückte Kraft der Wassermassen siegte über den Wahnsinnswunsch, zu atmen und zu leben. Der Körper wurde vom Arm getrennt, der die rettenden Dornenzweige nicht losliess. Die Dornenzweige des Lebens. Das war genau jener Zustand! Der dritte Zustand, zwischen Tod und Leben, Sein und Nichtsein, Himmel und Erde, den er von den geschlachteten Tieren kannte und durch den er an jenem Tag hindurchgegangen war, als er auf der Suche nach einem Tropfen Wasser durch das Wadi kroch. Zwischen Tod und Leben liegt ein Wegstück, von dem das Geschöpf entweder zum Leben zurückkehrt oder zum Tod weitergeht, zum Nichtsein und in die Finsternis hinüberschreitet.

Weitere Körperteile fand er nicht in dem weiten Wadi. Jeden Körperteil, auf den er stiess, schob er in einen Beutel, stieg dann auf die Höhe und schaufelte ein Grab dafür. Am Ende erhoben sich auf den Höhen über dem langgezogenen Wadi in grossen Abständen fünf Gräber für die Tote. Die Steine standen wie Wegmarkierungen als Anklage gegen den unbarmherzigen, unbekannten Verbrecher.

Die Extreme

Die Flut hatte sie überfallen mit ihrer immer gleichen Waffe, dem Trug. Kein einziges Anzeichen hatte er wahrgenommen. Der Himmel war klar, bar jeder Wolke, was ihn ermutigte, schon früh mit dem Vieh hinaus auf die Weide zu ziehen. Auch in der Nacht hatte er weder einen Blitz gesehen noch fernes Donnergrollen gehört. Aber Tadrart und die ganze Akassûs-Kette erlebten in jener Nacht Regenfälle, so reichlich, wie schon seit vielen Jahren nicht mehr. Und wie üblich füllten sich die Wadis erst zwei Tage später mit jenen Fluten, die die Mutter am späten Nachmittag überraschten, während er noch draussen auf der Weide war.

In der Wüste stirbt der Mensch durch eines von zwei Extremen: die Flut oder den Durst.

Danach verbrachte er einige Wochen mit den restlichen Ziegen auf den Anhöhen, bis die Sturzfluten einhielten und die durstigen Wadis das Wasser aufgesogen hatten. Der Durst von Tausenden von Jahren hatte der Erde geholfen, den Fluss zu tilgen. Der Boden war ausgetrocknet und rissig geworden im Verlangen nach mehr.

In jenem Jahr füllten sich die Wadis, die Ebenen und die Bergränder mit Wäldern, Pflanzen und Gras. Er sah Bäume, die er nie zuvor gesehen, und kostete Kräuter, die er nie zuvor gekostet hatte. Und er fragte sich, wo die Wüste die Samen all dieser Pflanzen so lange verborgen hielt, so lange, bis der Regen herunterprasselte und alles überflutet war. Wie die trostlose, durstige Erde tausend Arten üppiger Pflanzen hervorbringen konnte. Wie alles so schnell wuchs und die bleichen, verdorrten Bäume in wenigen Tagen ergrünten. Es war, als wären die Samen im Nichts verstreut, verborgen im Sand, zwischen den harten Felsen, harrend auf diesen Augenblick, gierend nach dem Zusammentreffen von Himmel und Erde. Dann konnte sich der Samen unruhig zu drehen beginnen und erleichtert aufatmen, konnte Erde oder Steine aufbrechen und auf der Suche nach Sonne und Leben den Kopf hervorstrecken.

Er blieb gern stehen, bückte sich und betrachtete die kleinen Blättchen, die, getrieben von der Kraft des Lebens, die Lehmschicht spalteten, um ihren Kopf aus dem Nichts zu heben. Sie zerrissen den Schleier der Finsternis, um die Weite und die Freiheit zu geniessen. Das Wasser schenkte der Wüste ebenso das Leben, wie es seiner alten Mutter das Leben genommen hatte.

Auf die reissenden Fluten folgt unvermeidlich die Trokkenheit. Die Dürre hielt lange an, länger als vier Jahre. Im ersten und zweiten Jahr lebte er von den reichlichen Pflanzen der Fluten. Aber die Wogen des Südwinds, die im dritten Jahr über die Wüste wehten, liessen die letzten Bäume absterben und saugten die letzte Lebenshoffnung aus den Pflanzen des Wadis. Im dritten Jahr begann die Herde einzugehen. Die jungen Böcke und die Ziegen, die er in jenem segensreichen Jahr aufgezogen hatte, vernichtete der Südwind. Alle Wadis waren leer, ausgetrocknet, trist. Die Tiere fanden nichts mehr zum Fressen. Zwischen den Felsen suchten sie nach Kamelmist und frassen ihre Exkremente aus den Jahren der Flut.

Assûf pflegte auf dem Stein über dem Brunnen zu sitzen, ihnen Wasser zum Trinken zu schöpfen und dabei ihre trägen, schlaffen, ausgemergelten Körper anzuschauen. Wo war ihre typische Bosheit geblieben? Wo die Keckheit und die Lebhaftigkeit? Wo selbst die normale Lebendigkeit der jungen Böcke? Wo waren die kräftigen Böcke geblieben, die sich für ihre Auserwählte unablässig stiessen und bekämpften? Wo der funkelnde, schlaue Blick aus den schwarzglänzenden Augen?

All das war verschwunden, weil die Tiere nicht einmal mehr ein Stück Kamelkot fanden, von dem der Grasgeruch jenes besonderen Jahres ausging. Sogar die Karawanenkaufleute hatten ihren Tauschhandel eingestellt. Einmal ging er, pflockte draussen auf einer Anhöhe am Karawanenweg nach Kano drei Stück Vieh an und hielt sich in Erwartung der Karawane in einiger Entfernung versteckt. Die Händler kamen und untersuchten die Ware gründlich, inspizierten die Ziegen und diskutierten miteinander. Dann zogen sie weiter, ohne ihm etwas dazulassen. Sie liessen auch die Ware da. Seine Tiere waren nicht mehr zum Tausch geeignet. Was sollte er tun? Wie konnte er ohne Datteln und ohne Gerste leben?

Doch was dann folgte, war noch viel schlimmer. Einmal frühmorgens, als er aufstand, fand er eine Ziege, die in der Nacht verendet war. Ihr folgten zwei weitere, dann ein Bock, ein Zicklein und ... so ging es weiter und weiter, ein Tier nach dem anderen.

Seine Unruhe wuchs. Er fing an, sich ernsthaft darüber Gedanken zu machen, ob er in die Oasen hinunterziehen sollte. Die Entscheidung fiel ihm nicht leicht, aber er sah täglich den Tod auf sich zukriechen. Tierkadaver füllten das Wadi. Er schaute zu, ohne auch nur Anstalten zu treffen, die

Tiere zu schlachten. Seit dem Vorfall über der Hölle schlachtete er keine Tiere mehr und ass auch kein Fleisch. Er stand bei Nacht auf, um die Wölfe von den Kadavern zu vertreiben. Und am Morgen streute er Erde auf die verwesenden Leichname mit ihren aufgerissenen Bäuchen, deren Eingeweide die Wölfe zerfetzt und deren traurigschöne, schwarze Augen die Würmer zerfressen hatten. Aber er verliess die Höhle erst, nachdem die letzte Ziege verendet war. Dann stieg er die fernen Berge der Akassûs-Kette hinab.

So riss der letzte Faden, der ihn an Massâk Satfat band.

Der Unglückswurm

Die Männer des Capitano Bordello nahmen ihn gleich am ersten Tag nach seiner Ankunft in der Oase fest. Er sass an einer Mauer im Schmiedemarkt und erholte sich von seinem langen Marsch. Sie legten seine Hände in Ketten und brachten ihn in die italienische Garnison auf der Anhöhe. Dort waren schon andere junge Männer, die bei seinem Anblick zu lachen und zu spötteln begannen. Dann wollten sie allerhand von ihm wissen. Als sie erfuhren, dass er zum ersten Mal nach Ghat gekommen sei und aus dem fernen Massâk Satfat stamme, wo die Dürre wütete, lachte einer von ihnen gequält und meinte: „Das nenn ich einen Unglückswurm, der vom Regen in die Traufe kommt“, und alle lachten wild durcheinander.

Am nächsten Morgen führte man sie wie Vieh in einer langen Reihe Richtung Uwainât an der Strasse nach Mursuk. Dort erwartete sie der verrückte Capitano, um sie zu Soldaten zu machen und mit ihnen seine Heldenträume zu verwirklichen – eine Expedition nach Abessinien mit einer Truppe von Kamelreitern.

Unterwegs, noch bevor sie Uwainât erreicht hatten, geschah etwas, das die Leute in den Oasen danach mit vielen Ausschmückungen weitererzählten, nachdem sie es von den jungen Männern erfahren hatten. Ein solches Wunder, sagten sie, hätten sie zum ersten Mal in ihrem Leben gesehen. Ein Mensch sei aus der Gefangenschaft entkommen und habe sich in einen Mufflon verwandelt, der schnell wie der Wind zum Berg hin rannte, von Fels zu Fels springend und ohne sich um den Kugelhagel zu kümmern, der von allen Seiten auf ihn niederprasselte. Habt ihr je einen Menschen gesehen, der sich in einen Mufflon verwandelte? Habt ihr je einen Menschen gesehen, der im finsteren Gebirge verschwand, ohne dass ihn die italienischen Kugeln trafen? Die weisen Sufis in den Oasen wiegten verzückt den Kopf. Sie streuten Räucherwerk ins Feuer und waren sich einig, dass dieser Mensch ein Heiliger Gottes ist. Am Abend begaben sie sich ins Kloster und veranstalteten bis zum Tagesanbruch eine Dhikr-Feier zu Ehren des Heiligen und waren glücklich darüber, dass das göttliche Sein sich in einem elenden irdischen Geschöpf verkörpert hatte.

Das war die erste und letzte Begegnung Assûfs mit den Bewohnern der Oasen. Er begab sich nach Massâk Mallat, wo er seine Kamele hütete. Dort öffnete Gott ihm eine Tür, wie er sie nur seinen Heiligen öffnet. Eine Wolke war über die unteren Wadis hinweggezogen und hatte ihre Ebenen unter Wasser gesetzt. So blieb er mit seinen Kamelen in der Sandwüste, bis einige Monate später das Herz des Himmels der Bergwüste gnädig war und er in die Höhlen von Matchandûsch zurückkehren konnte.

Haben die weisen Sufis in ihrer Vision von der Heiligkeit und der Verkörperung des göttlichen Seins die Geheimnisse des Unbekannten gelesen?

Ein Gebet

Kain bestand darauf, dass Assûf sie begleitete, um gemeinsam mit ihnen in den umliegenden Bergen nach dem Mufflon Ausschau zu halten. Er liess ihn zwischen sich und Massûd, der am Steuer sass, Platz nehmen. Wischte sich den Schweiss von der Stirn und fluchte in einer Assûf bisher unbekannten Weise über die Wüste. Zum ersten Mal hörte er jemanden unflätige Wörter benützen und verstand nicht, womit die Wüste diese Beschimpfung verdient hatte.

Das Auto fuhr los und verschlang die Ebene, die bis an den Horizont reichte. Es war das zweite Mal, dass Assûf in einem Auto fuhr. Das erste Mal war damals in Begleitung jenes grauhaarigen italienischen Wissenschaftlers gewesen, der ihn neben sich in einem offenen Wagen hatte Platz nehmen lassen und ihn bat, ihm die Höhlen des Wadi Ainesîs zu zeigen. Er hatte die Berge des Wadis Stein für Stein inspiziert, hatte neben einige Höhlen Markierungen aus Steinen gelegt und diese mit einer weissen klebrigen Flüssigkeit bespritzt, um sie kenntlich zu machen. Dann war er mit ihm nach Matchandûsch zurückgekehrt. Er schenkte ihm Konserven, weisses Brot und eine Packung Kekse. Dann lachte er ihm zu, stieg in sein einfaches Auto und fuhr los Richtung Osten nach Abarhôh. Das war ein guter, freundlicher Christenmensch. Auf dem Rückweg nach Matchandûsch waren sie auf ein Mufflonpärchen gestossen, das in aller Ruhe zum Berg hin weglief. Das Weibchen war trächtig, und so war das Männchen gezwungen, sich ihrem langsamen, schwerfälligen Gang anzupassen. Der Christenmensch hatte auf dem Rücksitz ein geladenes Gewehr liegen. Als er seine Hand nach hinten ausstreckte, während seine Augen den beiden Mufflons folgten, die sich zwischen den unwirtlichen Felsen bewegten, glaubte Assûf, er greife nach dem Gewehr, um auf die beiden zu schiessen. Der Schweiss tropfte ihm von der Stirn, und ein Schauder überlief ihn. Aber der Christenmensch holte nur ein Fernglas, setzte es an seine Augen und beobachtete durch die beiden Löcher die Tiere, bis sie im Schatten der Berge verschwunden waren.

Auch daran dachte er, wie ihn drei Jahre zuvor die Soldaten des Capitano Bordello in Ghat empfangen hatten. Nein, jener Christenmensch war anders als diese. Meinte er das nur, weil jener den Mufflon nicht getötet und ihm Konserven und anderes geschenkt hatte? Nein, nein. Sein Gefühl hatte ihm gesagt, dass dieser grauhaarige alte Mann die Wüste liebte. Er sah das in seinen Augen und in der Art, wie er sich bei der Betrachtung der Felszeichnungen verhielt. Er sah, wie seine Finger zitterten, als er die Höhlenwände mit den uralten Zeichnungen berührte, und wie seine Augen geheimnisvoll leuchteten. Er zog sein Taschentuch heraus und wischte Staub und Lehm von den in den harten Fels geritzten Gesichtern, so dass sie klar und deutlich zu sehen waren. Dann trat er ein paar Schritte zurück und betrachtete die Zeichnung. Möglich, dass auf seinen Lippen ein Lächeln spielte. Möglich auch, dass in seinen Augen ein Hauch von Schwermut lag. Verschiedentlich blieb er lange vor den Zeichen in Stein stehen, die Hände auf der Brust verschränkt, den Kopf nach rechts und nach links neigend und in den Augen eine Demut wie ein Muslim beim Beten. Dazu kauderwelschte er Unverständliches, sprach zu nicht existierenden Begleitern, klatschte in die Hände, hüpfte wie ein Derwisch in die Luft und richtete unverständliche Worte an ihn. Er vergass sich völlig. Wenn er dann wieder in diese Welt zurückgekehrt war, lächelte er entschuldigend und klopfte ihm auf die Schulter, als wollte er ihm versichern, er sei durchaus noch normal.

Die Ebene war zuende. Die ersten Vorboten von Massâk Satfat tauchten auf, vereinzelte Anhöhen, bedeckt mit riesigen schwarzen, vom Feuer der ewigen Sonne verbrannten Felsen. Zu Ende war die weithin überschaubare, flache Sandwüste, gütig gegenüber den Sterblichen, und es begann die Unwegsamkeit. So empfängt die wütende Bergwüste die Nomaden, die von der anderen Wüste, der Sandwüste, kommen. Diese abweisende Haltung mag das Erbe sein aus jener längst vergangenen Zeit der unaufhörlichen Auseinandersetzungen zwischen den beiden erbarmungslosen Wüsten, die zu versöhnen nicht einmal den Göttern in den höchsten Himmeln gelungen war. Auch sie vermochten den Feuerbrand dieser Feindschaft nicht zu löschen oder einzudämmen. Nun blickt die Bergwüste mit Abscheu auf die Besucher, die von ihrer Widersacherin kommen.

Das Auto hüpfte hin und her. Mehrfach hintereinander sprang es in die Luft. Massûd musste das Tempo verlangsamen. Die grossen Steine nötigten ihn, den kleinen, gewundenen Wegen mal hierhin, mal dorthin zu folgen und Löchern und anderen Überraschungen auszuweichen.

Assûf hatte sie vor den Überraschungen und der Niedertracht der Bergwüste gewarnt. Die Erde scheint flach und eben, doch plötzlich steht man an einem jähen Abgrund. Die Wadis sind wie Risse in der Erde, aber sie sind ungeheuer tief. Jedesmal, wenn Assûf vor einer Kluft oder einem versteckten Wadi warnte, rief Kain: „Habe ich nicht gesagt, du bist ein Dschinn? Wer sonst ausser einem Dschinn kann diese Fallgruben sehen? Ohne dich lägen wir schon längst irgendwo tief unten in einem Wadi."

Die Sonne zog sich von ihrem Thron zurück. Ein Hauch von Niederlage überzog sie auf dem Weg ihres Niedergangs nach Westen. Ja, im Augenblick ihres Untergangs scheint die Sonne immer bekümmert und betrübt. Vielleicht, weil sie der Wüste Lebewohl sagen und sich zu ihrer alltäglich-ewigen Ruhestätte zurückziehen muss. Am Morgen erscheint ihr Gesicht ganz anders. Am Morgen erscheint sie erbarmungslos, bedrohlich. Sie droht den Lebewesen mit Pein und Qual.

Das Auto fuhr in ein tiefes Wadi hinab. Während der ganzen Fahrt betete Assûf. Er sprach im stillen die Fâtiha und bat Gott, kein Mufflon möge ihren Weg kreuzen. Im Wadi unten befahl Kain anzuhalten. Er stieg aus und untersuchte sofort die Tierspuren. „Sind das etwa keine Mufflonspuren?" fragte er.

Assûf stieg nach ihm aus. „Ich glaube nicht", sagte er. „Das sind eher Ziegenspuren."

„Ziegenspuren?" fragte Kain und starrte ihn ungläubig an. „Das sollen Ziegenspuren sein?!" Er liess seinen zornigen und verhalten drohenden Blick auf Assûf verweilen. Dann folgte er ein paar Schritte weit den Spuren. „Ziegenspuren?" wiederholte er dabei. „Das sollen Ziegenspuren sein?!"

In jenem Augenblick geschah, was Assûf schon den ganzen Tag über befürchtet hatte. Unmittelbar vor ihnen streckte ein Mufflon seinen Kopf hinter einem Felsen hervor und beobachtete sie. Schnell schaute Assûf in eine andere Richtung. Dankte Gott, dass weder Kain noch Massûd das gewaltige Tier bemerkt hatten. Um seine Verwirrung zu verbergen und die Aufmerksamkeit der beiden abzulenken, schaute er gen Himmel und begann mit einem lauten Allâhu akbar das Nachmittagsgebet. Er spürte, dass der arme Mufflon noch immer hinter ihm stand und sie durch die Einbuchtung des Felsens beobachtete. Er hatte seinen Geruch aufgenommen und machte sich keine Sorgen wegen der Gäste. Seit Assûf kein Fleisch mehr ass, weideten die Mufflons in grosser Zahl in seiner Nähe. Das war nach jenem Vorfall über dem Höllenschlund, als er seinen Vater in den Augen des gewaltigen Mufflons erkannt hatte, seines Lebensretters, zu dem er hingekrochen war, bevor er das Bewusstsein verlor. Die Herden wurden immer zutraulicher und mischten sich unter die Ziegen, die Böcke wagten sich bis an ihn heran, schnüffelten an seinen Kleidern und betrachteten ihn mit geheimnisvollen, sanften Augen. Sie sprachen in tausend Sprachen und unterhielten sich in tausend Zungen, ohne einen einzigen Laut von sich zu geben. Dann gingen sie, um im Gesträuch weiter zu weiden. Anfangs war er vor Erstaunen stumm, wie gelähmt. Doch mit der Zeit hatte er sich daran gewöhnt und begonnen, sie zu streicheln, mit ihnen zu sprechen und ihnen Geschichten zu erzählen. Er klagte ihnen sein Leid – von der Unbarmherzigkeit der Wüste und seiner Furcht vor den Menschen. Dann trösteten sie ihn mit ihren Augen, die tausend Sprachen sprachen und in tausend Zungen redeten.

Inzwischen hatte ihn der Mufflon erkannt und wollte näherkommen, ihn zu begrüssen. Wenn er kam, fiel er in die

Hände der Bestien, in die Hände dieser Menschen, die nichts als Gazellen- und Mufflonfleisch frassen. Weh dir! Geh fort! Rette dich in die Berge, du Seele der Berge! Kehr an deinen sicheren geheimen Zufluchtsort zurück! Sag deiner Festung, sie soll dich verschlucken, bis die Gefahr vorüber ist!

Er beendete sein Gebet. Flehte ein weiteres Mal den Berg an, seine Seele zu retten. Als er sich umdrehte, war der Mufflon verschwunden.

In diesem Augenblick beugte sich Kain über den Kot des Mufflons, drückte ihn mit der Hand flach und rief zornig: „Das soll wohl auch Ziegenkot sein?“

Das Findelkind

Seine Geschichte mit dem Fleisch hatte schon im Säuglingsalter begonnen. Der Vater war gestorben, getroffen von einem Messer, als seine Mutter mit ihm schwanger war. Diese war dann eine Woche nach seiner Geburt den Folgen eines Schlangenbisses erlegen. Zuvor hatte sie den Säugling seiner Tante anvertraut, die ihm, unterwegs in der Hammâda, Gazellenblut zu trinken gab. Das sei das einzige Mittel, hatte ihr ein Fakîh versichert, ihn vom Unglück reinzuwaschen und seine Familie oder Verwandten vor dem Fluch zu schützen, der auf ihm lastete, seit er im Leib seiner Mutter aus einem Samentropfen entstanden war. Doch die Tante und ihr Mann verdursteten damals, und eine vorüberziehende Karawane nahm den kleinen Jungen auf, der seinen Kopf in den aufgeschlitzten Bauch einer Gazelle gegraben und Blut und Kot geschlabbert hatte. Das Blut sei es gewesen, das ihn vor dem elenden Schicksal seiner Tante und ihres Mannes gerettet habe. Der Karawanenführer hätte das Kind niemals mitgenommen, wenn er dessen Vergangenheit gekannt hätte. Es kam ihm aber nicht in den Sinn, der kleine Engel könnte die Ursache seines Unglücks, des Ruins seines Handels sein. Wegelagerer trieben in der Wüste seine Herden weg und raubten eine seiner Karawanen auf dem Weg nach Timbuktu aus.

Die Räuber überfielen ihn am hellichten Mittag, während er in den friedlichen Oasen in der mittleren Wüste Siesta hielt. Sie hätten ihn erledigt, wäre ihm nicht einer seiner treuen Helfer zu Hilfe gekommen. Er erschreckte sie mit ein paar Schüssen aus einem alten osmanischen Gewehr, aus dem noch nie zuvor eine einzige Kugel abgefeuert worden war. Ja, er hätte nie geglaubt, dass er sich jemals zwischen all den friedlichen Menschen seiner bedienen müsste. Wie durch ein Wunder entkam er den Angreifern, doch er verlor seine gesamte bewegliche Habe, die er durch die grosse Wüste transportierte.

Er wusste nicht um das Geheimnis des Fluchs, bis er seinen Pflegesohn einmal mit bluttriefenden Zähnen rohes Fleisch vertilgen sah. Auf einer seiner nächsten Reisen nach Kano fragte er einen Magier um Rat, der ein Haar vom Kopf und ein Stück Kleidung des Jungen verlangte. Er zog einen Lederring von seinem Handgelenk, gab ihn dem Magier und erklärte, diesen habe der Junge um den Hals getragen. Da wiegte der Magier den Kopf und sprach mit entrücktem Blick allerhand Zauberformeln. Er warf den Lederring ins Feuer und raunte lange in der Sprache der Haussa. Dann murmelte er mit geröteten Augen: „Wer mit dem Blut der Gazelle entwöhnt wird, kann nicht auf den geraden Weg kommen, bis dass er sich, einmal erwachsen, vom Fleische Adams genährt hat.“

Überrascht rief Adam dem schwarzen Magier zu: „Er wird sich von meinem Fleisch ernähren?“

„Vom Fleische Adams, habe ich gesagt“, entgegnete der Magier ungerührt. „Ich habe nicht gesagt, von deinem Fleisch.“

Zornig verliess Adam die Hütte des Zauberers und suchte zwei Tage später den berühmtesten aller Wahrsager auf. Er erzählte ihm die Geschichte des Findelkinds vom Anfang bis zu dem Vorfall mit dem rohen Fleisch. Der Wahrsager bat um Bedenkzeit. Zum festgesetzten Termin kam Adam wieder und erhielt eine beunruhigende Antwort.

„Kain, Sohn Adams", sagte er mit klarer Stimme. „Nie wirst du dich am Fleische satt essen, nie am Blute satt trinken, bis dass du vom Fleische Adams gegessen und von seinem Blute getrunken hast." Dreimal sprach er den geheimnisvollen Satz.

Nach einer langen Diskussion erklärte sich der Wahrsager bereit, ein Amulett zu schreiben, das ihn schütze.

Doch auch die Amulette der Zauberer von Kano schützen nicht vor dem vorherbestimmten Schicksal. Einmal unterwegs ging das Amulett verloren, und der Junge begann wieder, rohes Fleisch zu vertilgen.

Und Adam wagte sich bei einer seiner Reisen in den Dschungel vor. Dort zerrissen ihn die Stämme der Jamjam mit ihren Speeren, zerstückelten ihn und verzehrten sein Fleisch roh. Die Stämme der Jamjam sind berüchtigt für ihre Vorliebe für helles Fleisch.

Die Menschenfresser

„Sohn der Jamjam", nannten Kain seine Spielkameraden, nachdem sich seine Vorliebe für rohes Fleisch herumgesprochen hatte. Wenn er sich mit den Nachbarskindern stritt, konnte es geschehen, dass sie ihm nachriefen: „Du elender Mutter- und Vaterfresser! Du wirst einmal alles Fleisch auf der Welt vertilgen, du teuflischer Sohn der Jamjam!"

Wenn er sich dann wehren wollte, nahmen sie Reissaus. Er fletschte die Zähne, um ihnen Angst einzujagen. Knirschte damit wie die Jamjam-Neger, worauf die Kinder zu heulen anfingen und mit angstbleichen Gesichtern nachhause rannten. Er tat das zwar nur zum Spass, aber da er in jenen Augenblicken sein Gesicht nicht sah, konnte er nicht wissen, wie sehr er jenen Jamjam-Negern glich, die mit grossem Genuss Menschenfleisch essen.

Die Angewohnheit, andere zu terrorisieren, gab er auch nicht auf, als er längst erwachsen und einer der bekanntesten Jäger in der Roten Hammâda geworden war. Hatte er einmal eine Weile seine Gier nach Gazellenfleisch nicht befriedigen können, schreckte er aus dem Schlaf auf und weckte seine Kameraden, damit sie ihn auf die Jagd begleiteten. Massûd, sein Vertrauter und Weggefährte, erzählte nur allzugern, wie Kain einmal beschloss, ab sofort kein Fleisch mehr zu essen. Innerhalb eines Monats veränderten sich seine Gesichtszüge. Er wurde bleich, sein Körper fiel zusammen und seine Wangenknochen traten hervor. Er litt an Kopfschmerzen und nervösen Störungen, die epileptischen Anfällen ähnelten. Plötzlich schüttelte es ihn, Schaum trat ihm auf die Lippen, und er fiel zuckend und zappelnd zu Boden wie ein geköpftes Huhn. Dann rannte Massûd herbei, besprengte ihn mit Wasser und brachte ihm ein Glas grünen Tee, da er meinte, damit könne man jede Art Sucht heilen, sogar die Fleischsucht. Wie oft schon hatte er Süchtige mit Tee behandelt! Wahrscheinlich, weil man in der Wüste keine andere Sucht als die nach grünem Tee kennt. Aber Massûd begriff die Sinnlosigkeit seines Tuns, als ihn eines Nachts die Stimme seines Freundes weckte, der weinte und immer wieder vor sich hin murmelte: „Ich kann nicht. Nein, ich kann nicht mehr. Ich halte das nicht mehr aus." Er begleitete ihn hinaus und erlegte ihm eine Gazelle, die Kain in selbiger Nacht verzehrte.

In jenen Jahren strotzte die Hammâda von Leben. Gazellenherden gab es ohne Zahl. Üppige Regenfälle blieben nie lange aus. Auch wenn der Himmel in einem Jahr knausrig war und mit dem Wasser geizte, so rettete seine Liebe für die Erde doch im folgenden Jahr die Samen vor dem Verderben und dem Aussterben, schützte die Bäume vor dem Verdorren und brachte die Erlösung. Die Ebenen grünten und blühten im Frühjahr, und der Anblick der zahlreichen Vögel, Hasen und Gazellen, die sich dort friedlich tummelten, erfreute das Herz. Doch kaum spürten sie, dass Menschen sich näherten, ergriffen sie die Flucht. Und wenn sie alle gemeinsam flohen, bewegte sich die ganze Ebene, bewegte sich die Wüste.

Noch etwas anderes half bei der Vermehrung dieser wunderschönen Geschöpfe in jener Zeit. Landrovers und Schnellfeuergewehre hatten noch nicht Einzug in den heiligen Bezirk der Wüste gehalten. Die Wüste war noch unberührt. Die monströsen Autos kamen erst mit den Gesellschaften, die nach Erdöl und anderen Bodenschätzen suchten, und nur wenige Jahre später wurde jene teuflische Waffe erfunden – zur Schändung der Hammâda und zur Ausrottung der Herden, die sich sicher wähnten.

Diese Waffe war das schönste Geschenk, das Kain vom Offizier des amerikanischen Lagers in Gharjân erhielt. Mit diesem Offizier arbeitete er auch schon zusammen, als er noch mit dem alten osmanischen Gewehr auf die Jagd ging, das er von seinem Pflegevater geerbt hatte, und in Begleitung Massûds, seines Freundes aus Kindheitstagen, auf dem Kamelrücken das weite Land erkundete. Mit Beginn des Frühlings zogen sie von dem Ort, der da am Rand der Westberge vor sich hindöst, für Wochen hinaus und kehrten erst wieder zurück, wenn ihre Wasser- und Nahrungsmittelvorräte zuende gingen. Dann suchten sie mit dem getrockneten Gazellenfleisch das amerikanische Lager auf, um dem Offizier alles, was über Kains Bedarf hinausging, zu verkaufen oder es gegen Mehl, Tee, Zucker und Konserven einzutauschen.

Drei Jahre nach dem Beginn ihrer Bekanntschaft brachte der Offizier Kain das Autofahren bei und schenkte ihm einen alten Landrover, damit er das zauberhafte Geschöpf verfolgen könnte, dessen überwältigende Schönheit er erst erkannte, nachdem er dieses seltsame Teufelsgefährt erhalten hatte, mit dem er es lebend aus der Nähe sehen konnte. Zuvor hatte ihn keine Gazelle je näher als zweihundert Meter herankommen lassen. Die Gazelle ist das sensibelste und wachsamste Tier in der Wüste. Sie riecht den Menschen schon von weitem, und nur ausnahmsweise, in der Dunkelheit des frühen Morgens oder an Tagen, an denen der Wind stirbt und die Luft völlig ruhig ist, kommt sie in sein Blickfeld.

Die irrsinnige Geschwindigkeit des Autos erlaubte es ihm, seinen Blick an diesen zauberhaften Geschöpfen zu weiden. Wenn Massûd das Lenkrad übernahm und quer durch die Herde preschte, wählten sie mit Bedacht eines der Tiere als Opfer aus. Im allgemeinen war er es, der diese Auswahl traf. Dem Fahrer fiel die Aufgabe zu, es über das freie, weite Land zu verfolgen, das sich bis an die Berge hin erstreckt. Die Gazelle flog durch die Luft, das höllische Gefährt raste hinter ihr her. Holte sie ein. Zog mit ihr gleichauf. Das war die Gazelle, von der du geträumt hast, wie alle Kinder der Wüste: sie mit Händen ergreifen und ihren schlanken Hals tätscheln zu können, ihr goldenes Haar zu berühren, in ihre unglücklichen, klugen Augen zu blikken, sie auf die Stirn zu küssen und an die Brust zu drücken. In ihr liegt der Zauber der Frau und die Unschuld des Kindes, die Entschlossenheit des Mannes und der Edelmut des Ritters, die Keuschheit der Jungfrau und das Elend der Wüste, die Leichtigkeit des Vogels und das Geheimnis der Weite.

Da war sie, erschöpft, gebrochen, Ströme von Schweiss auf dem Körper, Schaum auf den Lippen. Wahnsinnig. Flog dahin. Hatte nicht mehr die Kraft weiterzurennen. Aber sie hielt durch, hielt aus, hielt den Fluch aus. Wie sie läuft, das ist mit keinem anderen Tier auf der Flucht vergleichbar. Sie flüchtet sich nicht in die unwegsamen Berge, wie es der Mufflon tut. Sie kennt beim Wettlauf weder Lug noch Trug. Nur den geraden Weg über die weite, freie Ebene, im festen

Glauben, dass es schändlich und schmachvoll ist, die Regeln des Wettlaufs zu brechen. Sie wählt das Heldentum. Bosheit und Unredlichkeit, List und Betrug lehnt sie ab und hält an den Regeln der Ritterlichkeit fest. Arme Gazelle! Sie weiss nicht, dass schon die Verwendung dieses teuflischen Fahrzeugs ein Verrat an der Natur ist, ein Durchbrechen der Regeln des ehrenhaften Kampfes, eine abscheuliche Gaunerei.

Aber Kain dachte nicht viel über das gebrochene Gesetz der Natur nach. Was ihn interessierte: eine möglichst grosse Anzahl von Gazellen zu erjagen, um das Feuer seiner Zähne zu löschen, seine Eingeweide zum Schweigen zu bringen und den Rest an den Offizier im amerikanischen Lager zu verhökern.

Dann schenkte ihm John Barker ein weiteres Teufelsgerät. Mit dem Eindringen des Schnellfeuergewehrs in die Wüste verringerten sich die Überlebenschancen der Gazellen ein weiteres Mal. Die Herden sahen der Ausrottung entgegen. Kain erinnerte sich an die Ströme von Blut, die er vergoss, nachdem er diese Waffe erhalten hatte. Er fuhr hinab in die Ebene, wo sich die Gazellen drängten, und begann zu ernten. Schon durch einmaliges Abdrücken fielen mehrere Tiere. Er drückte nochmals ab, und sie fielen wie die Datteln, wenn die Rispen im Sturm aneinander reiben. Einen Embryo trieb dieser Sturm mit einem einzigen Schlag ab.

Einmal traf die Salve eine trächtige Gazelle. Sie flüchtete sich in einen kleinen Ginsterbusch und stiess einen schmerzvollen Klagelaut aus. Sie verlor ihren Embryo, dessen blut- und schleimüberzogenen Körper sie andächtig leckte, bevor sie selbst verblutete. Sie versuchte noch, seinen von den Kugeln durchlöcherten Kopf zu heben. Als er völlig erloschen und sie seines Todes sicher war, hob sie ihren Kopf zum wolkenlosen Himmel auf und liess einen schmerzvollen, gequälten Laut hören. Sie wandte sich um, und er sah in ihren Augen grosse Tränen, während sie noch zwei Schritte auf das Auto zulief. Dann stürzte sie tot zu Boden, in ihren geheimnisvollen Augen noch immer jener Ausdruck des Elends, jener Blick ins Leere.

Früher einmal hatte er pro Jagdzug nur eine einzige Gazelle erlegt, zwei, wenn ihm das Glück hold gewesen war.

Dann wurde alles anders. Auf einem einzigen Jagdzug erlegte er jetzt eine ganze Herde; und nur eine oder zwei Gazellen entkamen, wenn das Glück den armen Tieren hold war.

Mit der Zunahme der geschlachteten Tiere nahm auch sein Fleischkonsum zu. Jetzt verzehrte er zum Frühstück, zum Mittag- und zum Abendessen je ein Tier, vielleicht sogar mehr als eines, wenn er einen Gast hatte, einen vorbeiziehenden Hirten, einen Reisenden oder einen Karawanenhändler. Dass die Gazellen, die die Wüste so dicht bevölkerten, einmal knapp werden oder gar aussterben könnten, lag ausserhalb seines Vorstellungsvermögens. Nur manchmal erinnerte er sich an die Föten, die er aus den geschlachteten Weibchen herausgeholt hatte, und ganz besonders an jene Gazelle, die ihr Wehgeschrei zum Himmel sandte, als er ihren Embryo in ihrem Bauch tötete und sie dann auch. Doch sehr bald hatte er all das wieder vergessen und durchkämmte weiter die Hammâda auf der Suche nach umherwandernden Tieren, die sich nach Süden zurückzogen und auf den Höhen des Hassâwana-Gebirges Schutz suchten.

Die Reisenden und die Karawanenkaufleute behaupteten, sie hätten Gazellen die Grenze zum Tassîli überschreiten sehen. In langen qualvollen Märschen hätten sie Regionen durchquert, die mit einem Teppich von scheusslichen schwarzen Steinen bedeckt sind. Überall gebe es Blutspuren, erzählten sie, denn die garstigen schwarzen Steine rissen sich ihren Anteil aus dem Vieh und schindeten auf bestialische Weise die Hufe der abwandernden Herden.

Das Hassâwana-Gebirge wurde zum vorübergehenden

Zufluchtsort für die Gazellen auf der Flucht in die algerische Wüste. Die verwundeten Tiere zogen sich zur Genesung auf die mächtige Bergkette zurück. Danach machten sie sich wieder auf den Weg und setzten ihre Wanderung in den fernen Süden fort. Die alten Jäger sahen in dieser geheimnisvollen Veränderung im Verhalten der Gazellen, wie sie die Wüste noch nie in ihrer Geschichte erlebt habe, ein himmlisches Zeichen. Und die Weisen unter ihnen versäumten es nie, ihrem Gebet ein Gottseibeiuns gegen den Menschenteufel anzufügen und den Herrn um Schutz vor der widerlichen Gefrässigkeit von Adams Sohn anzuflehen, um derentwillen er jene satanische Waffe erfunden hatte und jetzt die wunderschönen Geschöpfe auszurotten drohte und die noch verbliebenen Tiere zur Hidschra in die fernsten Gegenden der Welt zwang – nicht auf der Suche nach Futter, sondern nur im Wunsch zu überleben und die Nachkommenschaft vor dem sicheren Untergang zu retten.

Die Jäger trafen sich draussen in der Wüste und sprachen sich bei grünem chinesischem Tee gegenseitig Trost zu. Die Gazellen hätten sich wie der Mufflon zu den Gipfeln der Berge aufgemacht. Das sei das Ende der Zeit. Keiner kann Erscheinungen erklären wie die Bewohner der Wüste, keiner ist ihnen ebenbürtig, wenn es darum geht, die Geheimnisse des Unbekannten zu lesen, und sie versammeln sich nur, um nach einer Erklärung für die Zeichen zu suchen, die auf das Ende der Zeit hindeuten.

Hilf Herr! Die Heiligen haben abgenommen, und der Gläubigen sind wenige unter den Menschenkindern.
Psalm XII, Vers 2

Da sprach Gott der Herr zu der Schlange: Weil du solches getan hast, seist du verflucht vor allem Vieh und vor allen Tieren auf dem Felde. Auf deinem Bauche sollst du kriechen und Erde essen dein Leben lang.
1. Mose III, Vers 14

Nur an der Erde wird Adams Sohn sich satt essen

Die Auseinandersetzung entbrannte plötzlich. Nach ihrer Rückkehr von der erfolglosen Erkundungsfahrt machte Assûf eine Bemerkung über Kains Gefrässigkeit. „Mein Vater hat immer gesagt", bemerkte er, „nur an der Erde wird Adams Sohn sich satt essen."

Dieser Spruch hätte Kain nicht provoziert, wären sie von der Fahrt nicht mit leeren Händen zurückgekommen. Er explodierte und schrie den Beduinen zornig an: „Was willst du damit sagen, du Ziegenhirte?"

Assûf wich ein paar Schritte zurück und rechtfertigte sich einfältig: „Ich habe nur gesagt, mein Vater hätte gesagt, nur an der Erde würde Adams Sohn sich satt essen."

„Willst du dich über mich lustig machen, elender Alter?" rief Kain drohend und brachte Massûd, der in schallendes Gelächter ausbrach, mit einem hasserfüllten Blick zum

Schweigen. Dann sprang er hinter Assûf her, der sich in die Höhle flüchten wollte, wo sich die Ziegenherde versteckt hielt, holte ihn ein und versperrte ihm den Weg. „Der Teufel soll dich holen, elender Alter. Willst du mich für dämlich verkaufen? Du spielst hier den Idioten, gibst dich als Marabut aus und hältst dabei ganz bewusst die Plätze der Mufflons vor uns geheim. Glaubst du etwa, ich hätte deine Schliche nicht durchschaut?"

Assûf begann zu zittern. Kalter Schweiss bedeckte seinen Rücken. Kain fuchtelte ihm mit der Faust so nahe vor dem Gesicht herum, dass er seinen Turban berührte. „Wenn du uns den Mufflon nicht zeigst, wird dich der Teufel holen. Ich werde dir die Sterne zeigen, und zwar am hellichten Mittag. Und ich meine es ernst."

Massûd trat zu den beiden, doch Kain schob ihn beiseite, ohne ihn auch nur eines Blickes zu würdigen. Assûf wich nochmals einige Schritte zurück und bewegte dabei seine Hände, als wollte er davonflattern. Er wusste nicht, was tun.

Kains Augen traten noch mehr hervor. Schaum troff ihm vom Mund. Der Wahnsinn bemächtigte sich seiner. „Gib mir das Seil, Massûd!" rief er. „Zwei Tage lang führst du uns jetzt schon an der Nase herum wie kleine Kinder. Jetzt sind wir an der Reihe, du Hundesohn."

Der Hirte war wie gelähmt. Er bewegte nicht einmal mehr seine beiden langen Hände, sondern blieb starr und steif, während Massûd das Seil brachte. Ein langes Hanfseil. Kain fuhr in seiner Litanei fort. „Schämst du dich eigentlich nicht? In deinem Alter so zu lügen? In den Oasen haben sie uns erzählt, dass du der einzige bist, der die Verstecke des Mufflons hier in der Gegend kennt."

Assûf öffnete seinen Mund. Doch da er nichts zu sagen wusste, wiederholte er nur nochmals einfältig seinen Spruch: „Nur an der Erde wird Adams Sohn sich satt essen, hat mein Vater gesagt."

Kain stürzte sich zuerst auf ihn, Massûd hinterher, und zu ihrer Überraschung leistete der Beduine keinen Widerstand. „Mir wirst du nicht entkommen", rief Kain, „wie den Soldaten des Capitano Bordello. Man hat mir die Geschichte erzählt. Aber ich glaube nicht, dass du dich in einen Mufflon verwandelt hast. Verstehst du? Ich glaube nicht daran, dass du ein Heiliger bist." Schliesslich hatte er ihn an Händen und Füssen gefesselt. Er stand da, die Fäuste in die Hüften gestemmt. Sein schwarzer Revolver wurde sichtbar. „Wenn du wirklich ein Heiliger bist, wie man behauptet", brüllte er, „dann lös doch die Fesseln und flieh in die Berge, wie es der Mufflon macht. Hahaha. Wenn du dich in einen Mufflon verwandelst, werde ich der erste sein, der dich auffrisst. Haha."

Aber Assûf wiederholte nur jenen Spruch, wie eine Zauberformel, die ihn aus der Gewalt des Henkers retten könnte: „Nur an der Erde wird Adams Sohn sich satt essen."

Da verlor Kain jegliche Kontrolle. Er wurde fuchsteufelswild, stürzte sich mit Händen und Füssen auf sein gefesseltes Opfer und schleifte es durch das sandige Tal auf den hohen Felsen zu, auf dem neben dem Grossen Priester der mythische Mufflon stand.

Nach einer Weile blieb er erschöpft stehen und wischte sich den Schweiss von Armen und Stirn. „Bist du eigentlich als Zuschauer mitgekommen?" rief er seinem Kumpanen zu. „Warum hilfst du mir nicht?"

Massûd kam heran und half, Assûf zum Felsen zu schleppen. Als er ihn am rechten Fuss packte, starrte ihn Assûf angstvoll und flehentlich an. Doch Massûd achtete nicht darauf; vielleicht bemerkte er es auch nicht.

Kain ging um den Felsen herum und erklomm ihn von hinten, auf der leichter ersteigbaren Seite, wo sich unten im Tal die Höhlen wie eine Kette Richtung Südwesten hinzogen. Er blickte auf der Seite der steinernen Priestergestalt hinab und schrie Massûd zu: „Gib mir das Seil! Wirf mir das Seilende hoch!"

Massûd schwang das Hanfseil in die Luft, Kain griff danach. Dabei geriet er aus dem Gleichgewicht und wäre fast hinabgestürzt. Im letzten Augenblick klammerte er sich an einem Felsvorsprung fest. Einige Augenblicke blieb er reglos, der Blick in seinen Augen wurde immer irrsinniger. „Elender Alter", wiederholte er wie zu sich selbst, „zeig mir deine Wunderkraft und flieh im Mufflonbalg in die Berge. Wo sind deine Wunderkräfte, du Heiliger Gottes? Du gottloses Schwein?!"

Mit aller Kraft zog er das Seil nach oben. Der Fels riss Assûf den Rücken wund; er stöhnte vor Schmerz laut auf. Kain machte das Seil am obersten Vorsprung des Felsens fest. Massûd half ihm. Dann stiess er unter dem Körper des Beduinen die gefesselten Füsse weg. Assûf schrie ein weiteres Mal vor Schmerz auf. Kain betrachtete den hängenden Körper. Doch die Stellung gefiel ihm nicht. Er stieg hinab, rannte zum Auto und kehrte mit einem weiteren Seil zurück. Dann stieg er wieder auf den Felsen, machte das eine Ende des zweiten Seils an Assûfs rechter Hand fest, das andere an einem Felsvorsprung etwas weiter rechts. Er holte ein Messer aus der Tasche und schnitt das Seil durch, stieg vom Felsen herab und löste die erste Fessel mit dem Messer. Er band den rechten Fuss mit dem neuen Seil rechts fest, parallel zur Hand. Dann zog er die Füsse auseinander und machte das linke Seil an einem entfernteren Vorsprung fest. Nun hing Assûf da mit gespreizten Beinen und Armen, gekreuzigt. Sein Körper bedeckte den majestätischen mythischen Mufflon, die Hand des Priesters strich ihm sanft über den turbanlosen Kopf.

Sein weiss überzogener Bart wurde sichtbar und sein von Kahlheit bedrohter Kopf. In seinem Blick lag Überraschung, in der Maske des Priesters ein Geheimnis. Die Maske des Priesters wurde immer geheimnisvoller.

„Rede! Wo wohnt der Mufflon, du ungläubiges Schwein", drohte Kain.

Doch Assûf wiederholte mit kindlicher Hartnäckigkeit seinen magischen Spruch: „Nur an der Erde wird Adams Sohn sich satt essen."

Der Pakt

Der letzte Teil der Karawane zog ab. Eine einzige Gazelle blieb zurück und kreiste, gefolgt von ihrem Jungen, um das Hassâwana-Gebirge. Sie verliess sich auf einen schützenden Zauber, den sie von ihrer Mutter geerbt hatte.

Im Morgendunkel graste sie mit ihrem Jungen in den Ebenen zu Füssen der Blauen Berge. Doch kaum dass der Morgen atmete und am Horizont das Licht durchbrach, zog sie sich zwischen die Felsen zurück, suchte während des Tages Schutz im Schatten der unzugänglichen Steine. Sie bewegte sich zwischen den harten, von den Strahlen der tyrannischen Sonne verbrannten Platten hin und her und sprang, dem gewaltigen Mufflon gleich, oben in den Felsen herum, um ihr Kleines abzulenken und mit ihm herumzutollen und zu spielen, bis die letzte Gazelle die langen Nachtreisen angetreten hatte.

Die weise Gazelle sah die tiefe Traurigkeit in den Augen ihres Kleinen und sie erklärte ihm, was ihr den Mut gab, die anderen wegziehen zu lassen und nicht mitzugehen. Doch bevor sie auf den schützenden Zauber zu sprechen kam, erzählte sie ihm noch ein Gleichnis. Als der Schöpfer die Seele geschaffen hatte, begann sie eines Abends, hätte er ihr Grenzen gesetzt und sie in drei Gefängnisse eingesperrt: die Zeit, den Ort und den Körper, und der Fluch des Verderbens traf jeden, der diese Grenzen zu überschreiten versuchte, weil der Schöpfer sie geheiligt und sie zum Schicksal der Kreatur gemacht hatte; so ist ihre Übertretung eine Auflehnung gegen seinen Willen. Nun geschah es, dass eine

Gazelle, durch die Grösse ihrer Hörner verblendet, die Herde unten in der Ebene verliess. Voller Selbstüberschätzung ging sie in die Berge und erklomm den höchsten Gipfel, den wolkenbeturbanten, blauen, majestätischen Gipfel, dem nahezukommen selbst der Mufflon sich fürchtet. Doch der Schöpfer bestrafte sie für ihren Vorwitz. Er sandte einen jener Raubvögel, denen kein Gipfel zu hoch ist. Dieser schlug ihr die Krallen in den Leib, warf sie zu Boden und liess sie den Abhang hinabrollen. Als zerfetzter Leichnam kam sie in die Ebene zurück. Denn wer seinen Ort verlässt, will auch seinen Körper verlassen. Und wer seinen Körper verlässt, will auch seine Zeit verlassen. Und wer seine Zeit verlassen will, glaubt, unsterblich zu sein. Und wer das glaubt, ist undankbar für sein Schicksal, verhält sich anmassend gegenüber dem Wunder der Schöpfung und macht Ihm die göttliche Macht streitig. Und wer das tut, den vernichtet Er. Warum also vor unserem Schicksal fliehen und ins Tassîli gehen? Wie können wir die Ebenen der Hammâda verlassen mit all ihren Überraschungen, ihren Blumen, ihren Gräsern, ihren Trüffeln und ihrer Luft und hinter die Sandwüste fliehen, wo die Schlangen kriechen und die wilden Tiere lungern?

Hier wagte ihr Junges einen Einwand. Aber die Bestien, die die Hammâda in den letzten Jahren heimsuchten, bemerkte es, seien viel brutaler als die wilden Tiere des Dschungels. Die Mutter nickte und winkte dann ab, um die Geschichte des schützenden Zaubers zu erzählen, den sie von ihrer Mutter geerbt hatte. Einen solchen Schutz, sagte sie, gebe es in der ganzen Wüste nicht noch einmal, und keine Gazelle habe je dergleichen besessen. Ohne diesen Schutz hätte sie nie den Mut gehabt, hier im Schoss der Berge zu bleiben, obwohl sie genau wisse, dass der Fluch alle einholt, die weggehen, weil sie gegen einen der drei Pfeiler verstossen, auf denen das Gesetz der Schöpfung basiert. Kein Leben hat jemand, der weggeht, im fremden Land. Der Fluch des Himmels erreicht ihn, wo immer er sich niederlässt, und angesichts dieses Fluchs ist die Geduld der einzige Schutz vor den Bösen und den Bestien.

Eines längst vergangenen Frühlings lagerte sich ein Nomade auf der frühlingsfarbenen Ebene. Auf allen vieren kroch er zwischen den niedrigen Bäumen umher. Seine Familie hatte er auf der Höhe zurückgelassen. Wir hörten ein Kind schreien; die Frau, die es in den Armen hielt, kämpfte gegen die Schwäche und hielt sich nur mit Mühe auf den Beinen. Das sei der Durst, sagte meine weise Mutter. Die Nomadenfamilie war allein mit der tyrannischen Sonne und dem Fluch des Durstes in der weiten Wüste. Der Säugling schrie und weinte laut; die Mutter wiegte ihn und tröstete ihn mit geistesabwesendem Summen. Währenddessen kroch der Mann auf allen vieren näher. Er heftete sich an meine Mutter, und ich beschwor sie, wegzugehen. Ja, ich hatte grosse Angst. Es war schliesslich das erste Mal, dass ich einen Sohn Adams in so geringer Entfernung und in so elender Lage sah: Der Schaum stand ihm auf den Lippen, er war staubbedeckt. Sein Gesicht war eingefallen, seine Lippen aufgesprungen. Er war völlig erschöpft von seiner verzweifelten Reise. Er japste und starrte mit mühsam offen gehaltenen Augen in unsere Richtung. Diese Augen waren angsteinflössend und schienen ins Leere zu blicken. Der Arme war unbewaffnet. Andernfalls wäre er nicht gezwungen gewesen, sich dieser List zu bedienen, durch die wir uns aber nicht täuschen liessen. Die Herde schaute ihn neugierig an, jedes einzelne Tier betrachtete ihn, und allen tat er leid. Da und dort begannen die Beratungen. Dann trat die Herdenälteste hervor. Der Schöpfer gewährte den Geschöpfen seine Gnade und liess sie ins Leben treten, sagte sie. Dann glaubte er, ihre Geduld prüfen zu müssen, und er liess sie in die Wüste treten. Und er legte sein Geheimnis in das spärliche Wasser. Und er legte ein anderes Geheimnis in das grausame Opfer. Wer sich um der Rettung eines anderen Lebens willen selbst opfert, erfährt das Geheimnis und erwirbt die Ewigkeit. Ein Menschenkind verdurstet, und nur Blut wird es retten.

Hier protestierte eine herzlose Gazelle. Aber das Menschenkind ist böse und mörderisch. Hast du vergessen, Grosse Mutter, wie er in jenem entsetzlichen Massaker das Blut Dutzender aus unserer Sippe vergossen hat? Warum sollten wir uns für den verfluchten Schlächter opfern?

Die hagere Grosse Mutter lächelte. Das Opfer kennt kein Feilschen, sagte sie geduldig und traurig. Es gilt auch nicht dem Wesen, für welches das Opfertier geschlachtet wird. Die Opfer werden dem Schöpfer, dem Höchsten gebracht. Ausserdem, seht ihr, ihr Familie der guten Gazellen, nicht jenen Engel von einem Säugling in den Armen der Frau? Er hat noch keine Sünde begangen und sich an keinem Massaker beteiligt.

Da rief eine unedle Gazelle: Lasst euch nicht von dem süssen Anblick täuschen. Wenn er einmal gross ist, wird er Dutzende aus unserer Sippe abschlachten.

Doch als die Grosse Mutter sie schalt und erklärte, sie

selbst werde sich den Menschenkindern als Opfer anbieten, wurde von allen Seiten protestiert und gelärmt. Ich schaute zu dem armen Menschenkind hin. Es war völlig erschöpft, drückte seinen Kopf in den Sand und vergrub seine Finger in der Erde.

Da sah ich meine Mutter neben die weise Alte springen. Wir werden es nicht erlauben, rief sie der Menge zu, dass sich die Grosse Mutter opfert und wir den leitenden Kopf verlieren, der uns auf dem rechten Weg geführt hat. Ausserdem ist sie dürr und ausgemergelt und ohne einen Tropfen Blut in den Adern. Schaut sie euch doch an, ihr guten Gazellen! Fliesst in diesem Körper überhaupt noch Blut? Gibt es in diesem Körper gar genug Blut, um eine Familie zu retten? Ich finde, unsere verehrte Mutter sollte mich an ihre Stelle treten lassen.

Als sich daraufhin zustimmende Rufe erhoben, wandte sich die Grosse Mutter mit den folgenden Worten an meine Mutter: Es gibt da noch ein anderes Geheimnis. Mit dem Opfer wird ein Pakt zwischen deiner Nachkommenschaft und dem Menschenkind geschlossen. Ihm ist es hinfort und in alle Ewigkeit untersagt, sich am Blute deiner Tochter und ihrer Nachkommen zu vergreifen. Das ist der Pakt, der Schutz durch das Opfer und die Charta des Blutes. Der Fluch wird denjenigen treffen, der sich verleiten lässt, das Band des Blutes zu verraten. Denn auf der ganzen Welt findet sich kein stärkeres Band als dasjenige des Blutes, und es gibt kein abscheulicheres Verbrechen, als sich daran zu versündigen.

Meine Mutter trat zu mir, küsste mich, strich mir über den Hals und flüsterte mir ins Ohr: Ich tue das um deinetwillen. Vom heutigen Tage an werden dich die Menschen nicht anrühren. Dann ging sie und übergab sich dem zerstörerischen Menschenkind, das sein Gesicht unter dem Ginsterbaum in die Erde gepresst hatte.

Ich begriff nicht, was geschah. Mein junger Verstand erfasste den brutalen Vorgang nicht in seinem ganzen Ausmass. Erst als ich im Sonnenlicht das Messer in der Hand des Menschen aufblitzen sah, spürte ich die Gefahr. Ah! Wenn du, mein Kleines, den Schmerz kennen würdest, der mir in jenem Augenblick das Herz zerriss! Ich hatte das Gefühl, ein Giftpfeil dringe mir ins Herz. Ich schrie auf. Stürzte mich auf die Grosse Mutter und attackierte sie mit meinen erst hervorsprossenden Hörnern. Ich schimpfte sie altes Dschinnenweib und sprang hinter meiner Mutter her, um die sich schon die ganze Familie scharte. Die Frau war herbeigerannt und presste das durstige Kind in meine arme geschlachtete Mutter hinein.

Das Menschenkind verscheuchte mich. Warum der Mann das Messer nicht auch gleich in meinem Nacken versenkt hat, ist mir nicht klar. Ich bin zur Herde zurückgekehrt, bin auf den gegenüberliegenden Hügel gestiegen und habe meine Klage über alle Kreaturen zum Himmel erhoben, über die Menschen und über die Gazellen und die Grosse Mutter. Ich habe den Himmel beschworen, er möge sie alle verdammen für den Schmerz, den sie mir zugefügt haben. Dann weinte ich. Und bis heute bin ich allein in der Weite umhergeirrt, und je mehr ich mich an meine dahingeschlachtete Mutter erinnere, desto mehr spüre ich den Giftpfeil mir ins Herz dringen. Die Arme. Für mich und für dich hat sie das getan, damit sich die Generationen unserer Nachkommenschaft sicher fühlen dürfen. Ihr Blut hat einen brüderlichen Bund geschlossen zwischen unserem Volk und dem Menschenvolk. Wir und das Menschenkind sind Blutsbrüder geworden. Das ist der Schutz, den wir um einen grausamen Preis erkauft haben.

Die weise Gazelle hielt in ihrer Erzählung inne. Sie stand da, das Haupt zum Gipfel des Berges erhoben, als richte sie eine Beschwörung gen Himmel.

Über den westlichen Ebenen lag noch immer die Dunkelheit. Doch am Horizont brach blauleuchtend der Morgen durch. Von diesem ersten Licht entlieh sich der Gipfel des Berges durchscheinende Fäden und webte über seinem Kopf einen blauen Schleier.

Das Opium

John Barker, Captain auf dem Stützpunkt Wheelus und Verantwortlicher für ein Militärlager, das an strategisch günstiger Stelle auf dem Dschebel Nafûssa stand, hegte seit seiner Zeit als Student der Orientalistik an der University of California eine Leidenschaft für orientalisches Denken. Damals besuchte er Kurse über Zoroastrismus, Buddhismus und islamische Mystik. Als er dann im Jahre 1957 als Marinesoldat nach Nordafrika kam, nutzte er die Gelegenheit und widmete sich in seiner Freizeit den dortigen Sufiorden. Als sie auf dem Weg nach Tripolis in Tunesien anlegten, trennte er sich von seinen Kameraden, die sich die Nacht allemal in einer Kneipe um die Ohren schlugen, und beschloss, eine Dhikr-Sitzung aufzusuchen. Der Botschaftsangestellte fand trotz der strengen Bestimmungen des amerikanischen Marinegesetzes über den Besuch religiöser und dubioser Örtlichkeiten nichts dabei, ihm seinen Wunsch zu erfüllen, und begleitete ihn zu den psalmodierenden und verzückten Derwischen. Doch es war ein ernüchterndes Erlebnis. Denn kaum hatten sie sich zu der Menge gesellt, als auch schon einige junge Eiferer Steine nach ihnen warfen und sie vertrieben.

Er kam mit einigen blauen Flecken zum Schiff zurück, worüber sich seine betrunkenen Kameraden köstlich amüsierten. Die Bestrafung fremder Naseweise durch Steinigung sei eine alte orientalische Sitte, behaupteten sie.

Am meisten beschäftigte ihn die Ansicht eines französischen Gelehrten. Dieser hatte in seinem Buch „Islamische

Mystik. Der Sufismus in Nordafrika" behauptet, der arabische Westen, der Maghreb, habe die Mystik vom Thron der himmlischen Philosophie auf die Erde des täglichen Lebens herabgeholt. Deshalb könne man, im Gegensatz zum arabischen Osten, dem Maschrek, in jenen Ländern nicht zwischen dem weisen Scheich, dem einfältigen Derwisch und dem frommen Heiligen unterscheiden. Sie alle ähnelten dem vagabundierenden Bettler. Weswegen hier der Sufismus – als eine esoterische Philosophie – dem Buddhismus näher stehe als dort; denn es gebe keinen Unterschied zwischen der Gottheit im Himmel und dem Vagabunden auf der Erde, solange die Gottheit sich nicht daran störte, sich jenen Toren zur Wohnstatt zu küren.

Im selben Buch fand er auch jene aufregende Stelle, die eine der Ursachen für seine Sucht nach Gazellenfleisch wurde. Es war ein Zitat eines obskuren sufischen Wanderers, das lautete: „Die Wahrheit liegt im Vieh. In die Gazelle hat Gott das Geheimnis und den Keim des Sinns gelegt. Wer vom Fleisch jenes Geschöpfs kostet, in dessen Seele wird die Machtlosigkeit zerstört und der Schleier der Trennung wird zerrissen und er schaut Ihn in Seiner Herrlichkeit." Hätte er sich nicht schon früher für die kühnen Ansichten der Buddhisten über die stumme Kreatur interessiert, so hätte dieser Sufi-Ausspruch in ihm nicht jene geheimnisvolle Saite anzurühren vermocht. Aber schon zu Studienzeiten zitierte er Caroline gern und oft einen geheimnisvollen Satz aus den Lehren des Zenbuddhismus, für den er damals schwärmte; danach kann der Mensch nur in den Rang der Gottheit aufsteigen, wenn er zuvor durch den Zustand des Tieres hindurchgegangen ist: sich in die tiefste Einsamkeit zurückzieht, bis er zum wilden Tier wird, verstummt, bis er die Redefähigkeit verliert, und sich vom Gras nährt, bis er den Geschmack der Speise vergisst. Der Schöpfer sei eher geneigt, sich in einem Geschöpf zu inkarnieren, das sich ins offene Feld hinauswagt, einsam in der Weite lebt, sogar weit weg von jenen Tieren, die menschliche Nähe suchen und sich vor dem freien Feld scheuen.

Er erzählte ihr viele Dinge dieser Art, beging aber den nicht wieder gut zu machenden Fehler, der jungen Frau (die fasziniert von ihm war) zu verschweigen, dass all das einem Buddhisten-Handbuch entstammte. Die Folge war, dass sie ihn für übergeschnappt hielt und ihm ihre Liebe aufkündigte.

Der obskure Sufitext erinnerte ihn an die Hirngespinste, die seine erste Beziehung zu einer Frau zerstört hatten, und er beschloss, die Gelegenheit beim Schopf zu ergreifen und während seiner Einsamkeit im Gebirge das Geheimnis zu ergründen – das Fleisch des sagenhaften Tieres zu kosten. Vielleicht würde Gott ihm ja das Tor der Erleuchtung öffnen und ihm die Gunst gewähren, Ihn in Seiner Herrlichkeit zu schauen. Der übereinstimmende Glaube der Sufis, Tiere seien der Heiligkeit und der göttlichen Inkarnation würdiger als der Rest der Schöpfung, überraschte ihn. Doch er sah darin eine kräftige Stütze für die zenbuddhistische Lehre. Dort schenkt man nämlich den Tieren mehr Aufmerksamkeit als den Menschen; ausserdem gibt es eine Wertung der Tiere, und während die wilden Tiere von der Barmherzigkeit ausgeschlossen sind, wird den friedlichen die Heiligkeit zuerkannt. Jener obskure Sufi war in seiner Vision sogar so weit gegangen, eine lange Liste geheimnisvoller Krankheiten zusammenzustellen, für die keine andere Medizin bekannt sei als Gazellenfleisch.

Kaum hatte nun John Barker den Leuten von seinem Wunsch erzählt, Gazellen zu bekommen, verwiesen sie ihn an Adams Kain. Denn selbst wenn ein Unglück geschehe und die Gazellen in der ganzen Wüste ausgerottet würden bis auf ein einziges Tier, so sagten sie, dann würde Kain zweifellos auch dieses vertilgen! Und sie erzählten allerhand Geschichten von seiner Gefrässigkeit und seiner Vorliebe für Fleisch. „Diese Kreatur hat einen Wurm im Mund", sagte der Derwisch geheimnisvoll, „der ihn dazu bringt, sich selbst aufzufressen, wenn er kein Fleisch zum Essen findet."

Der Derwisch war ein einsamer alter Mann, der mit dem Rücken gegen die Moscheewand gelehnt dasass und jeden Tag die Nachmittagssonne auf sich scheinen liess. Er mischte sich nicht unter die Leute, und diese mieden ihn wegen seiner seltsamen Ansichten über Gott und die Welt. Doch trotz der Warnungen des Stützpunktkommandeurs in Tripolis vor Kontakten mit der Bevölkerung konnte John Barker der Versuchung nicht widerstehen. Er sprach den Scheich an, den die Leute nicht nur als Derwisch, sondern auch als Ketzer bezeichneten. Offenbar waren die Auseinandersetzungen zwischen diesem Scheich und den Scheichs der anderen Sufiorden der Grund dafür, dass die Leute ihn mieden.

Einmal begleitete Barker ihn zu einer Dhikr-Sitzung, auf der sich die Teilnehmer in ihrer Ekstase Brust und Gesicht zerkratzten und in ihrer Verzückung mit Messern fuchtelten.

„Schau dir nur diese gottlosen Tidschânis an", empörte

sich der Scheich abseits der Menge. „Wie sie Neuerungen einführen und dem Sufismus und dem Islam Schaden zufügen.“ Auf dem Rückweg überraschte ihn John mit der Frage, ob in ihrem Orden Gott die Gazellen bewohne.

Der Derwisch schwieg lange, dann sagte er wie zu sich selbst: „Alle Seelen sind von Gott bewohnt. Den Höchsten auf die Gazellen zu beschränken ist Ketzerei.“ Und zu ihm gewandt sagte er: „Das ist eine Neuerung der Tidschânis.“

Von den selbstzerfleischenden Streitereien unter den Sufiorden Nordafrikas hatte John schon gelesen. Er selbst gehöre zum Kadirîja-Orden, erzählte der Derwisch. Das sei der Grund, weshalb man ihn belästige; die Scheichs des Tidschanîja-Ordens hetzten die Leute gegen ihn auf. In derselben Nacht überraschten John Barker noch die Erklärungen des Derwischs zur Frage der Inkarnation Gottes in irdischen Wesen. „Der Unterschied zwischen uns und euch, den Christen“, sagte er, „liegt darin, dass ihr behauptet, Christus sei Gott, und damit Seine Herrlichkeit auf ein einziges Wesen beschränkt. Wir dagegen meinen, Er sei in allen Menschen zu finden, ja, in allen Lebewesen. Unsere Religion ist gerechter als die eure.“ Der weise Derwisch prophezeite ihm, er werde seine Beurteilung des Sufiweges im Laufe seines Lebens noch ändern. Und je intensiver sein Interesse, desto mehr werde er ernstzunehmende Wahrheiten entdecken.

Der Kadirîja-Scheich lehrte ihn viele Geheimnisse des Lebens. Und nachdem sich seine Beziehung zu Kain gefestigt und dieser begonnen hatte, ihn mit Gazellenfleisch zu versorgen, fiel John auf, dass der Derwisch, wie die Buddhisten in Tibet und im Himalaja, kein Fleisch ass, sondern von

Gerstenbrot lebte. Doch einmal erwähnte er flüchtig den Mufflon. Mit einer Stimme, die immer dann geheimnisvoll wurde, wenn er ein Geheimnis zu offenbaren beabsichtigte, raunte er: „Das Öl von Gharjân, die Datteln von Fasân, das Fleisch vom Mufflon, dem Waddân." Dann fügte er lachend hinzu: „Ach, wenn die gottlosen Tidschânis wüssten, dass ich einem Christen die Geheimnisse der Wüste offenbare! Sie würden mich steinigen." Er blickte ihn lange an und sagte im selben geheimnisvollen Ton: „Aber der Mufflon ist etwas ganz anderes. Ich habe ihn ganz früher einmal gekostet, als ich noch Fleisch gegessen habe. Im Mufflon liegt das göttliche Geheimnis."

An dieses Gespräch erinnerte John sich jetzt, als Kain zu ihm kam, vom Verschwinden der Gazellen in der Wüste erzählte und von ihm einen Hubschrauber verlangte, um das Hassâwana-Gebirge zu durchkämmen. „Dort", erklärte er, „wurden Gazellen gesichtet. Das Hassâwana-Gebirge ist der letzte Zufluchtsort der Gazellen."

„Aber du weisst, dass es verboten ist, die Wüste mit dem Hubschrauber zu durchkämmen. Die Bestimmungen sind eindeutig."

„Wer die Rose liebt, darf die Dornen nicht fürchten! Kennst du das Sprichwort?"

„Ja, ja, das ist ja richtig. Wer die Rose liebt, darf die Dornen nicht fürchten! Nur weiss ich nicht, wer von uns beiden die Rose mehr liebt, ich oder jene Kreatur, der die Würmer die Zähne zerfressen und die keinen einzigen Tag ohne Fleisch auskommt."

Kain lachte, aber das Geplänkel verletzte ihn. Auf seinem roten Gesicht lag ein Anflug von Ärger.

„Mit den Gazellen sind wir am Ende“, sagte John. „Jetzt ist es Zeit, sich mit den Mufflons zu befassen.“

„Ach, die Mufflons.“ Kain schwieg und schlürfte seinen Tee. „Die Mufflonjagd ist schwierig. Das Tier sucht in den finsteren Bergen der südlichen Wüste Schutz. Eine Expedition dorthin will vorbereitet sein. Man kommt nicht ohne eine Anzahl Autos und Führer aus. Und du willst nicht einmal einen Hubschrauber zur Verfügung stellen, um das Hassâwana-Gebirge zu durchkämmen. Wer die Rosen liebt, John, darf die Dornen nicht fürchten. Und die Dornen des Mufflons sind stärker als diejenigen der Gazellen.“

„Bei Gott, ich weiss nicht, wer von uns beiden die Dornen mehr fürchtet. Du willst die Dornen der Wüste nicht ertragen. Du willst die Früchte ernten, ohne unter Sonne und Staub zu leiden. Du willst die Gazellen mit Samthandschuhen jagen. Dass ich nicht lache. Du liebst die Wüste nicht. Scheich Dschallûli, den die Scheichs eures Ortes für einen Derwisch halten, sagt, das Wasser reinige den Körper, die Wüste die Seele. Ich habe bei euch nie jemanden gesehen, der der Wüste gegenüber aufrichtiger ist als er, und das, obwohl er sich nicht wie ihr ihrer Wohltaten erfreut und nicht ihre Gazellen verzehrt. Du, Kain, nährst dich vom Erzeugnis und verfluchst den Erzeuger. Dich hat die Wüste nicht gereinigt, weil du sie nicht liebst. Und jetzt willst du ganze Karawanen, um in den südlichen Wüsten gegen den Mufflon vorzugehen. Du willst mich ausnützen, wie du mich während der vergangenen Jahre für die Gazellen ausgenützt hast. Du bist egoistisch, kleinkariert und faul.“

Kain zeigte keinen Zorn. Er lächelte einfältig und sagte dann versöhnlich: „Wenn ich die Gazellen ausgerottet habe, so dank deiner Hilfe. Du hast mich mit Autos und mit Schnellfeuergewehren versorgt, und du hast deinen Anteil gekriegt, ja, mehr als das. Du bist es eigentlich, der die Gazellen in der Wüste ausgerottet hat, nachdem du mir den Kopf voll geredet hast mit diesen Märchen von den göttlichen Geheimnissen, die angeblich im Fleisch dieser armen Tiere stecken. Du bist der grösste Verbrecher. Du säuselst alles mögliche über die Gazellen, bezeichnest sie als rein und unschuldig und schnappst nach ihrem Fleisch, angeblich auf der Suche nach einem Geheimnis, das es nur in deinem gottlosen Gehirn gibt. Du behauptest, gütig zu den Tieren zu sein, und bist doch in Wahrheit noch gemeiner als ich oder irgendein Fleischesser sonst in der Wüste. Der Wurm, der an deinen Zähnen nagt, ist niederträchtiger als der meine."

Es blieb nichts anderes mehr übrig, als sich über das Hassâwana-Gebirge herzumachen und es nach den Gazellen zu durchkämmen, die irgendwelche Leute dort gesehen haben wollten. Insgeheim flogen sie los mit einem Hubschrauber, dem Scheich Dschallûli seine Verwünschungen hinterherschickte. Denn seit der Scheich von der Abschlachtung der Gazellen erfahren hatte, schnitt er John, gab ihm nicht mehr die Hand und erwiderte nicht einmal mehr seinen Gruss. Durch andere liess er ihm Drohungen und Verwünschungen übermitteln. Einmal an einem Freitag begegnete ihm John beim alten Markt. Dschallûli senkte den Kopf und versuchte, ihm auszuweichen, doch John trat ihm in den Weg. Da stammelte der Scheich gequält: „Wie kannst du nur behaupten, dich zur Religion Christi zu bekennen? Du hast mit ihm nichts gemein und er mit dir nicht!" Dann zog er sich seinen Umhang über den Kopf und verschwand in der Menge. Nach diesem Zusammentreffen sah John ihn nicht mehr. Er konnte aber den gequälten Blick nicht vergessen, mit dem er ihn ansah, während er diese harten Worte aussprach. Erst in jenem Augenblick wurde John die Abscheulichkeit seines Verbrechens gegen die zauberhaften Geschöpfe bewusst. Aber was sollte er tun, da das Fleisch der Gazellen nun einmal wie Opium war? Wer es kostete, gewöhnte sich daran, und wer sich daran gewöhnt hatte, wurde wahnsinnig, wenn man es ihm vorenthielt.

Vormittag. Am Horizont tauchte der Gipfel des Berges auf, noch immer in den blauen Schleier gehüllt. Je weiter der Tag fortschreitet und je tyrannischer die Sonne wird, desto mehr verblasst das Gewebe und nimmt die Farbe des Himmels an. In der Wüste ist allein der Berggipfel mit einem Schleier des Himmels bekleidet. Der Tagesanbruch in der Weite webt dem Berg gern einen blauen Turban, der ihn vor der Unbeständigkeit der Natur in der Wüste schützt.

Kain sass neben dem Pilot. John und Massûd hatten auf den beiden hinteren Sitzen Platz genommen. Der Pilot war ein Schwarzer. Sein Gesicht krönte eine sprichwörtlich klobige Nase. Er schien mürrisch und verschlossen, doch sein dunkles Gesicht hellte sich rasch auf, wenn er lächelte. Sein Mund war mit einem prächtigen, blendend weissen Gebiss bestückt. Sein Lachen war gewinnend, und wenn er erst einmal zu lachen begonnen hatte, fiel es ihm schwer, wieder aufzuhören. Das konnte er erst, wenn Captain John Barker ihn anfuhr oder ihn mit seinem eleganten Stecken anstiess.

Der „Magische Grashüpfer" schwebte am klaren Himmel über der leeren, schweigenden Hammâda. In der nackten, weglosen Wüste standen verstreut Christdorn-, Akazien- und Ginsterbäume. In den Ebenen wuchsen sie vereinzelt, in manchen Wadis traten sie auch dicht nebeneinander auf, wenn die letzten Regenfälle noch nicht allzu weit zurücklagen. Auch Gras gab es, das sich in den kleinen, trockenen Bachläufen festklammerte. Da und dort war es noch grün, und Spuren von reichlichem Wasser zeigte es eher an den Abhängen als auf den Anhöhen. Die Vögel waren nach Norden gezogen. Während des ganzen Flugs zeigte sich ihnen nur ein einziger Vogel in sehr grosser Höhe. Er flog hinaus ins Weite, seine Flügel schlugen gleichmässig und entschlossen. Auch er zog weit fort. Alles verlässt die Wüste, wenn der Sommer näher rückt. Was bleibt, ist allein die Weite, die hartnäckig der Fata Morgana, der Stille und den Strahlen der Sonne entgegentritt.

Auf dem ganzen Weg sichteten sie keine einzige Gazelle. Die Gazellen zogen nicht wie die Vögel nach Norden. Sie nahmen die entgegengesetzte Richtung, sie zogen nach Süden. Kain schaute durch das Fenster des „Magischen Grashüpfers“ hinab. Er wies auf eine kaum mehr sichtbare Narbe in der dunklen, aschgrauen Erde. „Seht ihr da unten?“ fragte er. „Das ist der Wanderweg der Gazellen.“

Die dünne Linie auf der erbarmungslosen, steinbedeckten schwarzen Erde führte ins Hassâwana-Gebirge. Der Grashüpfer umkreiste den Berg von Osten her, flog südlich an ihm entlang. Die Sandwüste dehnte sich, so weit das Auge reichte. Weit entfernt sahen sie die Wipfel der Palmen, die dort zusammenstanden und sich gegenseitig stiessen, als flüsterten sie sich geheimnisvolle Zaubersprüche zur Abwehr des Staubes zu. Hier endet die Hammâda. Hier beginnt das immense Sandmeer, der ewige Lieferant für die unbekannten Wüsten. In diese Wüste fliehen die Geschöpfe vor den Massakern der Menschen.

Der Grashüpfer drehte bei und beschrieb einen weiten Kreis. Er hielt sich an die Hänge der Bergkette und schwebte in geringer Höhe, bis der halbe Tag vergangen war. Die

Ströme der Fata Morgana traten über ihre Ufer und drohten den Fuss der Berge wegzuspülen.

John Barker hatte die Hoffnung aufgegeben, und auch Kain hatte genug. Heisser Schweiss häutete ihm die Schläfen. „Keine Spur von deinen Gazellen im Hassâwana-Gebirge“, schrie John, um das Dröhnen des Motors zu übertönen.

„Die Hirten haben sie erst vor wenigen Tagen beobachtet“, schrie Kain enttäuscht zurück. „Wann sollten sie sich in die Sandwüste geflüchtet haben?“ Der Himmelsturban verschwand vom Gipfel des Berges, der kahl und erbarmungslos sichtbar wurde.

„Es ist wohl besser, wir fliegen zurück“, schrie John.

Bedrücktes Schweigen. Der teuflische Propeller drehte und drehte sich wie eine Mühle. Der Grashüpfer gondelte den Hang der Bergkette entlang und inspizierte die Höhlungen, die Felsen und die nackten Hänge, bis fern etwas auftauchte, das einem Falken auf Beutesuche glich.

Sie landeten am Fusse des Berges. Suchten nach einem Unterstand zum Schutz vor der brutalen Sonne. Doch die schattigen Höhlen liegen oben am Berg. Der Weg dorthin führt über teils glatte, teils grobe Felsen und ist bewehrt mit Steinen wie die Hauer wilder Tiere. Zwischen den Steinen krallt sich wildes Gras fest, da und dort umgeben von Zungen aus weichem Sand mit Spuren von Schlangen, Eidechsen, Waranen und Wüstenmäusen.

Noch auf andere Spuren stiess Kain – Gazellenspuren! War es eine Herde? Oder handelte es sich um die Gazellen, von denen die Hirten gesprochen hatten? Zwischen den Felsen hin und her hüpfend, sprang er den Berg hinab wie ein Besessener. „Gazellen! Gazellen! Los in den Hubschrauber!“

rief er. Die Gruppe rannte zum Grashüpfer. „Die Spuren sind noch frisch“, brachte Kain keuchend hervor. „Ich habe auch Kot gefunden. Sie müssen sich irgendwo in der Nähe versteckt haben.“ Keuchend vor Aufregung und Anstrengung stand er neben dem Hubschrauber und wischte sich den Schweiss vom Gesicht.

Plötzlich sah er sie. Sie stand im Schatten eines grossen Felsens, rechts am Berghang, wo sich der enge, trockene Bachlauf teilt und hinunter ins Wadi führt. Ihre Augen waren gross, schwarz und klug; sie sprachen in einer unbekannten Sprache. Erzählten ihm etwas, offenbarten ihm ein Geheimnis. Ja, ja, ein Geheimnis. Er spürte es, verstand es aber nicht. Das war das unbarmherzigste, das schlimmste im Leben, ein Geheimnis zu spüren, es jedoch nicht ergründen zu können. Was soll das zauberhafte Geschöpf denn sagen? Er wechselte mit der Gazelle einen langen Blick. Sie bewegte sich nicht. Neben ihr stand, ebenso geheimnisvoll blickend, ihr Junges. Auch es sagte etwas, war sich mit seiner Mutter einig, bestätigte sie. Schrecklich, die Sprache der Tiere nicht zu verstehen! Er spürte nicht nur Scheu, sondern auch Furcht. Und er merkte nicht, wie Massûd ihn am Ärmel fasste und wegzog. Der schwarze Pilot lachte und zeigte dabei seine leuchtend weissen Zähne. „Oh, my God! What's he waiting for?“ rief er.

Kain setzte sich, versank in seinem Sitz. Der Schweiss troff noch reichlicher. Sein Atem ging kurz und heftig. John sprach, ebenso Massûd. Alle drei redeten und gaben Erklärungen. Sie schienen den Vorgang nicht gesehen, die Begegnung nicht bemerkt zu haben. Der Hubschrauber flog los. Kain hatte sich noch nicht erholt. Er hatte gegen

Gazellen Krieg geführt und sie gejagt, seit er denken konnte. Doch noch nie war es ihm passiert, dass er in einer Gazelle einen Menschen gesehen hatte. Überraschenderweise hatte er nicht auf sie geschossen. Endlich einmal hatte er vergessen, dass er zur Jagd hergekommen war. Vergessen, dass er Kain war, Adams Sohn, das auf Blut und Fleisch versessene Menschenkind. Er hätte nicht geglaubt, dass er einmal nicht abdrücken würde, wenn eine schlanke Gazelle vor ihm stand. Aber war das wirklich eine Gazelle? War er wirklich Kain? Der Hubschrauber schwebte am weiten Himmel. Er folgte, bewusst tief fliegend, dem Berg nach Westen.

„Nun haben sich die Gazellen auch noch in die Berge vorgewagt", bemerkte Massûd. Da jedoch niemand auf seine Bemerkung einging, war er gezwungen, eigene Schlussfolgerungen daraus zu ziehen. „Die Weisen sagen, das sei ein Anzeichen des Jüngsten Gerichts!"

In den Höhen regte sich die Luft und kühlte den Schweiss. Doch das finstere Schweigen hielt an. Bis John den Gesprächsfaden aufnahm. „Eure Scheichs sehen in jedem Naturphänomen einen himmlischen Wink und einen Hinweis auf das Ende."

Massûd lachte. „Du hast recht", sagte er. „Wenn sich alle ihre Prophezeiungen als wahr erweisen würden, wäre das Jüngste Gericht schon mindestens tausendmal eingetreten." Dann fixierte er John und sagte boshaft: „Aber deine Freunde, die Ordensscheichs, sehen das ebenso."

„Dschallûli nicht. Er hat zu mir noch nie über Hinweise auf das Jüngste Gericht gesprochen."

„Weil er weltlich ist. Drum hat er sich ja auch die Feindschaft der übrigen Orden zugezogen."

„Vielleicht ist es ja andersherum. Sie sind die Weltlichen, und er gilt als Ketzer, weil er anderer Meinung ist als sie. Dschallûli ist göttlich und aussergewöhnlich."

„Allein die Tatsache, dass ein Christ so über ihn redet, ist verdächtig und ketzerisch."

„Ist das deine eigene Ansicht oder diejenige der Scheichs der Neuerungen?"

„Sehr lustig. Das ist vielleicht auch meine Meinung."

„Dem Trug der Menschen entkommt man nicht."

„Sehr lustig. Das ist genau sein Vokabular. Er ist zweifellos sehr gerissen, wenn er sogar Christen dressieren kann. Die Scheichs haben nie richtig eingeschätzt, wie gefährlich er ist."

John lachte. Kain beteiligte sich nicht an der Debatte. Der heitere Schwarze dagegen liess sein lautes Lachen hören, ohne etwas von dem Gespräch zu begreifen.

Sie waren am Ende der Bergkette angelangt. John befahl seinem Untergebenen umzukehren und die gleiche Strecke zurückzufliegen. Der Hubschrauber zog einen weiten Kreis. Sie überflogen das Wadi, bevor der Pilot nochmals auf den Berg hielt. Durch das Fenster beobachteten sie die Teppiche aus groben Steinen.

„Ich weiss nicht", hänselte John, „wie Kain den Wurm in seinen Zähnen überlisten will. Zwischen seinen Zähnen liegt der bösartigste Wurm, der den Menschen bekannt ist."

Kain ergriff die Gelegenheit. „Ja, keine Spur von Gazellen. Es ist wohl das beste für uns, zurückzufliegen."

In diesem Augenblick schrie der Schwarze: „Oh! Look! Look!" Das weiche Fell der Mutter leuchtete zwischen den dunklen Felsen auf und verschwand sofort wieder. Der

Schwarze flog auf sie zu und kreiste über ihr. Er sah, wie sie sich in die finstere Nische drängte und ihr Junges mit ihrem Körper zu schützen versuchte. Sie zitterte. Der Grashüpfer schwebte genau über der Nische.

„Fire!" schrie der Schwarze. Massûd und John folgten ihm einstimmig: „Feuer!" Auch Kain zitterte. Richtete die Gewehrmündung auf die Höhle. Da trafen ihre Blicke aufeinander. Er schaute weg. Schloss die Augen. Und drückte ab. Krachend löste sich der Schuss, und er wischte sich mit dem Handrücken den Schweiss vom Gesicht. Der Lärm der Gruppe, der sogar das Gedröhn des Motors übertönte, verursachte ihm Kopfschmerzen. Er schaute wieder zur Höhle und sah das Gazellenjunge zuckend auf der Erde liegen. Die Mutter stand über ihm und leckte das Blut von ihm ab. Plötzlich sprang sie auf und stiess wie wild mit dem Kopf gegen die Felswand. In ihren Augen lag ein völlig anderer Ausdruck. War es Trauer?

Dann sprang sie hinaus ins Freie, hob ihren Kopf zum klaren Himmel, den die Sonnenstrahlen zerrissen, und heulte wie ein hungriger Wolf. Zum ersten Mal hörte man eine Gazelle wie einen Wolf heulen.

Dann fiel sie auf die Erde und blieb auf der rechten Seite liegen, den Kopf in Gebetsrichtung gereckt, in ihren Augen noch immer jener furchterregende Ausdruck. Kain war nicht imstande, sich ihr zu nähern. Die Gruppe rannte zu ihr hin. In Massûds Hand blitzte das Messer.

In jener Nacht tötete Kain, Adams Sohn, das Menschenkind, nicht nur seine Schwester. Er verzehrte auch ihr Fleisch.

Die Amulette

Ein einziges Mal hatte er Mufflonfleisch gekostet. Die Karawanenhändler von Agades brachten einen Brocken mit, und sein Nachbar gab ihm ein grosses getrocknetes Stück. Er riss sich etwas heraus und hob den Rest für ein gemeinsames Essen auf. Dieses, so war er mit Massûd und John Barker übereingekommen, sollte am Freitagabend im Christdorn-Wadi stattfinden, das mit seiner Bergoase eine natürliche West- und Südgrenze zur Hammâda bildet.

Kain schickte einen Jungen zu seiner geschiedenen Frau mit der Bitte, die zum Kochen des magischen Fleisches erforderliche Gewürzmischung vorzubereiten. Seine geschiedene Frau war gross, schlank und attraktiv; aber sie war auch männlich hart. Vielleicht schien das nur so, weil sie so tüchtig war. Sie wohnte zwar bei ihrer Familie, sorgte aber für sich selbst, indem sie Wolle spann und Umhänge webte, die sie auf dem Markt verkaufen liess. Es hiess, sie sei es gewesen, die die Scheidung verlangt und sie damit gerechtfertigt habe, sie wolle sich in Sicherheit bringen, bevor die Bestie sie verschlinge. Im Traum, erzählte sie, habe sie ihren Ehemann beim Abschlachten der Gazellen in der Hammâda gesehen. Danach sei er nachhause zurückgekehrt und hätte sich, als er dort kein Fleisch vorfand, auf sie gestürzt und sie gerissen. Unablässig dankte sie Gott dafür, dass sie keine Kinder hatte. Nachdem Kain seine Zustimmung gegeben hatte, sprach ein Richter die Scheidung aus, was sie jedoch nicht dazu veranlasste, ihm die Freundschaft aufzukündigen. Im Gegenteil, die Beziehung zwischen ihnen wurde herzlicher und menschlicher. Sie liess ihm häufig durch irgendwelche Jungen eine Schüssel Kuskus bringen oder fand sich bereit, am Brunnen seine Kleider zu waschen.

Nicht nur Massûd, sondern auch John hatte einen Talisman um den Hals hängen. Mit gekreuzten Beinen sass er neben dem Feuer, zog das Lederamulett mit den Zeichen der schwarzen Magier hervor und schwenkte es stolz vor seinem Gesicht. Kain nahm es und drehte es in der Hand. „Das ist die Zeichnung der Teufel von Kano“, sagte er. „Das sind ihre Linien, ihre Symbole. Wie kommt ein amerikanischer Christ, der oben im Dschebel Nafûssa lebt, zu einem solchen Dschinnenamulett?“

Massûd und John lachten. Der Teufel zwinkerte mit dem Auge. Massûd schob Holz ins Feuer. „Das ist mein Verdienst“, sagte er. „Ich habe ihn zum schwarzen Teufel geführt, der mit der Karawane kam. Mir hat er übrigens ein ähnliches Amulett gemacht.“ Er knöpfte sein Kakihemd auf. Das Lederstück wurde sichtbar, auch es mit magischen Symbolen versehen.

„Ihr habt mich reingelegt“, rief Kain. „Niemand hat mir gesagt, dass man für das Mufflonessen ein Amulett braucht.“

„Das weiss doch jeder“, entgegnete Massûd. „Sogar die kleinen Kinder im Gebirge wissen das. Der Mufflon ist besessen. Er ist die Seele der Berge. Wer von ihm isst, muss durch ein Amulett geschützt sein. Mit den Seelen spielt man nicht. Alles ist erlaubt, nur nicht, mit den Seelen zu spielen.“ Er spielte mit dem Amulett herum und küsste es. Dann versteckte er es wieder unter dem Hemd. „Wenn selbst John von dem Geheimnis erfahren hat, dann solltest du es ja wohl auch kennen.“

„Wer sonst als du hat ihn auf das Geheimnis hingewiesen, du Teufel?"

„Ich habe ihn zu dem Weisen in der Karawane gewiesen, nicht zum Geheimnis."

„Wer sonst als du hat ihn darauf hingewiesen?"

„Frag ihn doch selbst!"

John lachte. „Vergiss nicht, dass ich mit dem Scheich des Kadirîja-Ordens befreundet bin, dem man vorwirft, ein Ketzer und ein Derwisch zu sein", sagte er und starrte auf den Dampf, der aus dem Kessel aufstieg.

„Habt ihr euch wieder versöhnt?"

„Er will noch immer nichts mit mir zu tun haben. Er hat mir das Massaker an den Gazellen noch nicht verziehen und mir vorgeworfen, ich wäre kein richtiger Christ. Das Christentum hätte nichts mit mir zu schaffen. Er geht mir aus dem Weg."

Kain lachte. „Er hat ja recht. Du bist der grösste Verbrecher, der je seinen Fuss auf den Boden dieses Landes gesetzt hat. Wer hätte sonst schon Landrover, Schnellfeuergewehre und fliegende Grashüpfer in die Hammâda gebracht?"

„Und du bist der Kapitän auf dieser Reise. Wir haben all das ja nur getan, um die Würmer an den Kapitänszähnen zu beruhigen." Ihr Gelächter verhallte in der Weite.

„Du hättest diesen widerwärtigen Neger sehen sollen, während er John ausgefragt hat. Du hättest dich totgelacht. Er hat ihn lange mit seinen roten Augen fixiert und ihn dann nach dem Namen seiner Mutter gefragt. Als John entgegnete, der Name seines Vaters reiche ja wohl, meinte der Zauberer, das müsse er schon ihm überlassen. Ohne den Namen der Mutter würde nichts draus. Darauf John: Aber mein Vater ist mein Vater. Nun war die Geduld des Schwarzen erschöpft. Deine Mutter ist es, die dich geboren hat, schrie er. Über deinen Vater weiss man nichts Genaues. Als ich lachen musste, hat mich der Scheich mit einem scharfen Blick aus seinen roten Augen zum Schweigen gebracht. Darauf John: Ihr misstraut immer den Frauen der Christen und glaubt, sie wären leichtsinnig und kokett. Darauf der Zauberer: Wir misstrauen allen Frauen dieser Welt. Frau ist eben Frau. Ihr Begleiter ist der Teufel, egal ob sie aus Kano oder von den Wakwâk-Inseln am Ende der Welt stammt. Wir, die um das Unsichtbare wissen, garantieren niemandes Vaterschaft, denn wir sehen die Dinge illusionslos, wie sie sind. Willst du also den Namen deiner Mutter preisgeben oder willst du dich lieber der Gefahr aussetzen, das besessene Fleisch ohne den Schutz eines Amuletts zu essen? Da hat John klein beigegeben und den Namen seiner Mutter genannt." Sie lachten aus vollem Hals. Das Echo verlor sich in der stillen, dunklen Weite.

Kain kehrte zum Thema zurück. „Muss ich also als einziger ohne Amulettschutz Mufflonfleisch essen?"

Massûd rückte den Topf auf dem Steindreieck fest und schob etwas Holz darunter. „Nur keine Angst", meinte er. „Du bist der einzige, den man mit Gazellenblut entwöhnt hat. Du bist die Seele der Ebene, der Mufflon ist die Seele der Berge. Und eine Seele ist von einer anderen durch die Macht meines Herrn geschützt."

Kain wiederholte geistesabwesend den alten Zauberspruch: „Öl von Gharjân, Datteln von Fasân, Fleisch vom Mufflon, dem Waddân! Gott! Gott! Fleisch vom Mufflon! Fleisch vom Mufflon! Es heisst nicht: von den Gazellen!"

Dann wieder Schweigen. Die Dunkelheit wurde dichter. Kain nahm ein paar brennende Holzstücke aus dem Feuer. Er rollte einige Stücke Glut zur Seite und stellte den Teetopf darauf. Massûd versorgte unablässig das Opferfeuer mit Brennbarem.

„Ich habe vom Geheimnis der Gazellen gelesen“, erzählte John. „Es scheint aber, dass jener obskure Sufi doch nicht alles wusste. Vor ein paar Tagen bin ich nämlich in der Bibliothek des Stützpunktes in Tripolis gewesen und habe in einer Enzyklopädie über den Mufflon nachgelesen. Habt ihr gewusst, dass dieses Tier schon seit dem siebzehnten Jahrhundert ausgestorben ist?“ Massûd und Kain sahen sich an. John starrte auf die züngelnden Flammen und fuhr fort. „Das letzte Tier erlegte im Jahre 1627 ein französischer Graf. Wie also könnte es in der Sahara auftauchen?“

„Unsere Wüste“, erklärte Massûd, „ist Zufluchtsstätte für alle Schätze dieser Erde, sogar für ausgestorbene Tiere. Es braucht dich also nicht zu befremden.“

John beobachtete das Feuer, wie es das Holz verschlang, und flüsterte träumerisch: „Also haben eure Zauberer doch recht. Wenn das Geheimnis in einem ausgestorbenen Tier liegt, so macht das erst recht Opfer und Amulettschutz erforderlich.“

In jener Nacht war John Barker nicht er selbst. Seine Stimme borgte sich das Geflüster der Dschinnen auf den Höhen und nahm den Zauber der stillen Wüste an. Und er redete wie ein Magierpriester.

Die Vision

Vor jener Vision hatte Kain nicht geglaubt, dass es auf Erden ein Tier gibt, dessen Augen es an Ausdruckskraft, an Zauber und an Klugheit mit denen der Gazellen aufnehmen könnten. Er hatte in zwei Augen gesehen, wie es sie bei anderen Tieren nicht gibt, ja bei keiner Kreatur auf der ganzen Welt. Das Geheimnis der Gazellenaugen liegt nicht in ihrer Schönheit, sondern in ihrer Rätselhaftigkeit. Sie sagen alles, sagen es ohne Reden und ohne Sprache, sogar Dinge, die Wörter nicht ausdrücken können.

Nach dem Essen an jenem Freitagabend bekam Kain eine Woche lang kein Fleisch zu essen. Massûd gelang es nicht, auf dem Markt ein Lamm auf Pump zu besorgen. Also hütete Kain das Bett. Das Kopfweh zerriss ihm den Schädel, die Würmer zerfrassen ihm die Zähne, und er litt an Brechreiz.

Gegen Abend stieg sein Fieber stark an, und er erbrach sich mehrfach. Massûd besuchte ihn und brachte ihm von seiner Geschiedenen eine Suppe aus Bockshornklee. Doch da sie nicht nach Fleisch roch, weigerte er sich, davon zu essen.

„Sie ist aber gesund", sagte Massûd, „und wird das Fieber wegbringen."

Er stiess den Teller zurück und wiederholte nur lallend: „Du weisst genau, dass ich nur durch Fleisch gesund werde. Mir zerreisst es den Schädel, ich halt es nicht mehr aus."

In jenen Jahren war es nicht leicht, an Fleisch zu kommen. In den Oasen wird nur am Opferfest geschlachtet, und selten einmal legen die Leute ein wenig Geld zusammen, um irgendein Tier, eine Ziege oder ein Schaf, zu kaufen, dessen

Fleisch dann in kleinen Portionen an die beteiligten Familien verteilt wird. In Jahren, in denen der Himmel ein Einsehen hat und grosszügig Regen spendet, schlachten sie auch einmal gemeinsam ein Kamel, von dem auch diejenigen etwas erhalten, die zu arm sind, für ihren Anteil zu bezahlen. Bei einer solchen Gelegenheit von einem Schlachttier etwas abzugeben, macht den Himmel gewogen, der nicht mit Regen gegeizt hat.

In normalen Monaten dagegen können die Armen nicht hoffen, von den Schlachttieren etwas zu erhalten. Deshalb verschliessen sie ihre Türen, löschen die Herdfeuer in ihren Häusern und sperren ihre Kinder ein, damit ihnen nicht die Fleischdüfte aus anderen Häusern in die Nase steigen. Doch trotz dieser Massnahmen fallen viele dieser Süchtigen jener geheimnisvollen Krankheit zum Opfer, die Fleischmangel verursacht.

Kain, der exzessive Mengen an Fleisch ass und dabei seinen Körper mit den köstlichsten Arten verwöhnte, war es keinen Augenblick in den Sinn gekommen, dass irgendwann einmal jener göttliche Vorrat an Gazellen, die die Hammâda so reichlich bevölkerten, erschöpft sein könnte. Er hatte nie daran gedacht, dass der schlimmste Jäger, den die Hammâda gekannt hatte, einmal kraftlos auf dem Krankenbett liegen und wegen Fleischmangels an Kopfweh leiden würde.

Am folgenden Tag brachte Massûd Dosenfleisch aus Johns Lagerbeständen, Thunfisch, Sardinen und anderes rotes, in einer rosaroten Dose konserviertes Fleisch, von dem John behauptete, es handle sich um Vogelfleisch. Kain erbrach sich, und während der ganzen Nacht umsorgte

Massûd ihn. Schliesslich liess er die Gaslampe am Kopfende des Bettes stehen und ging nachhause.

Unmittelbar danach erschien der Mufflon. Gekrönt von zwei gewaltigen geschwungenen Hörnern, die bis zu seinem Rücken reichten und dann wieder bis zu seinem Kopf. Im matten Licht der Lampe sah er diese Augen. Haben sie ihm das Geheimnis der Schöpfung zugeflüstert? Haben sie ihm vom Werden der Wüste und des Seins berichtet? Haben sie etwas vom Letzten Tag gesagt? Haben sie von seinem Verrat an den Gazellen erzählt? Haben sie ihm Vergeltung angedroht? Er wechselte mit ihnen Rede und Rollen. Er verschwand in ihnen, und sie verschwanden in ihm, und der Mufflon war Kain.

Das geheimnisvolle Tier lud ihn zu einer Reise ein, und gemeinsam irrten sie durch die Wüste. Auf seinem Rücken sitzend, durchquerte er die Hammâda, hungrig und durstig und mit mörderischen Kopfschmerzen. Der Mufflon trug ihn über die Wogen des Sandmeeres. Er betrat eine andere, von der Fata Morgana überflutete Wüste, deren Dünen die Strahlen der Sonne überströmten. Sein Durst, sein Hunger und seine Kopfschmerzen wurden so unerträglich, dass er fast vom Rücken des gewaltigen Tieres gefallen wäre. Es erreichte mit ihm eine Bergwüste, deren unwegsame Hänge die offenen Mäuler dunkler Grotten und finsterer Höhlen zeigten. Der Mufflon bewegte sich zwischen den erbarmungslosen Felsen mit erstaunlicher Behendigkeit. Kain war völlig erschöpft. Schlimmer als alle Krankheiten war aber der Hunger. Der teuflische Wurm ringelte sich in seinen Zähnen. Er grub sie dem Mufflon in den Hals, riss ein Stück Fleisch heraus und verschlang es. Doch das Tier sprang weiter in die steinigen Berge. Nochmals pflanzte er seine Hauer in seinen Nacken und riss ein weiteres Stück heraus. So fuhr er fort, das Tier zu verzehren, das unaufhörlich weiterlief, mit jedem Biss noch schneller. Schliesslich berührten seine Hufe die Erde nicht mehr; es hob sich und schwebte höher und höher. Und da entdeckte er plötzlich, dass er auf dem Rücken eines elenden alten Mannes sass, den er nie zuvor gesehen hatte. Er war mager und gross, von seinem Nacken tropfte das Blut.

Bevor er sich vom Schrecken über diese Verwandlung erholt hatte, drehte ihm der Mann ein erbarmungswürdiges Gesicht zu und sagte: „Nur an der Erde wird Adams Sohn sich satt essen." Dann schleuderte er ihn von der himmlischen Höhe hinab in die Tiefe der Hölle.

Und, seiner Feuchte beraubt,
ward Libyen damals trocken,
damals beweinte ihre Quellen und Seen
mit gelösten Haaren der Nymphen Schar.
Ovid, Metamorphosen

Der blutende Stein

Die Sonne sandte ihre tyrannischen Nachmittagsstrahlen herab. Assûf war nicht imstande, seine Lider zu öffnen. Nach ihrem Aufgang ist die Sonne immer unerbittlich, tyrannisch und rachsüchtig; ihr Stachel zerbricht erst, wenn sie verschwindet. Wenn das Alter sie erreicht, kniet sie demütig flehend nieder, bevor sie sich dem täglichen Verschwinden ergibt.

Er erinnerte sich daran, wie ihn der wahnsinnige Mufflon hinter sich her gezerrt, ihn dann über den Schlund der Hölle geschleudert und ihn dort hängen gelassen hatte. Ohne das grosse Geheimnis, das ihm sein Vater vermacht hatte, ohne die Geduld, mit der allein die Wüste zu besiegen war, wäre er nicht mehr aus dieser Falle herausgekommen. Würde ihn die Geduld auch diesmal retten?

Doch damals, bei jenem entsetzlichen Vorfall, stand er in der Blüte seiner Jugend. Diesmal dagegen zwang ihn die Kraftlosigkeit, den Kopf hängen zu lassen, das Haupt zu neigen und auf dem Felsen ebenso zu zerbrechen wie die tyrannische Sonne, wenn sie Richtung Westen verschwand. Wäre nicht das Alter, hätte er sich nicht so rasch dem dritten

Zustand unterworfen. Damals über dem Höllenschlund hatte er lange Widerstand geleistet, bevor er sich diesem Zustand überliess. Ja, er hatte ausgehalten, bis der rätselhafte Mufflon ihn hochzog und er das Bewusstsein verlor und den Hang hinabrollte. Erst dann kam jener Zustand über ihn, der Zustand des besessenen Warans, den man am Morgen mit durchgeschnittener Kehle in einen Beutel steckt und der trotzdem, wenn man ihn am Abend ins Feuer legt, noch wegläuft. Und da entfernte er sich nun vom Leben, überschritt aber nicht die Schwelle zum Tod, sondern klopfte an ein Tor zwischen Leben und Tod.

Vor dem gekreuzigten Körper stand Kain. Er schlug sich mit beiden Händen an den Kopf, um die mörderischen Kopfschmerzen zu lindern. Aus seinem Mund hing ein langer Speichelfaden, der in der Nachmittagssonne blinkte und dann auf die Erde fiel. Der Südwind wehte heiss, und Kains Wahnsinn verstärkte sich: „Sprich, du unglücklicher Alter, wo hast du deine Kamele versteckt?"

Doch der Hirte murmelte nur seinen magischen Spruch: „Nur an der Erde wird Adams Sohn sich satt essen", während er hinter einem Tor zwischen Himmel und Erde, zwischen Leben und Tod verschwand.

Kain pochte mit der Faust gegen seinen Kopf und rief Massûd zu: „Jetzt fällt es mir wieder ein. Jawohl, jetzt fällt es mir wieder ein. Das ist das Tier, das mich neulich nachts aufgesucht hat. Das ist jener Teufel, der mich in die Hölle geschleudert hat. Wie habe ich nur so blöd sein können? Wie habe ich das nur vergessen können? Wie bin ich denn in diese Einöde geraten? Jetzt fällt es mir wieder ein. Ich habe seine Hörner gepackt, die Hörner jenes Teufels. Hier,

hier, bei Gott, schau dir seine Hörner an! Sind das nicht die Hörner des vermaledeiten Satans, von denen der Koran erzählt?" Er lachte. Immer noch troffen dünne Speichelfäden aus seinem Mund und lösten sich glitzernd bei jedem hysterischen Lachanfall. Massûd ekelte sich. Noch nie zuvor hatte er Kain in einem solchen Zustand gesehen, und insgeheim hatte er Angst. „Es reicht jetzt! Es reicht jetzt wirklich", sagte er beschwörend und trat zu seinem Freund. „Wir sollten gehen. Wir werden in der nächsten Oase nach Fleisch suchen. Ich verspreche dir, dass ich Fleisch für dich auftreiben werde."

Brutal stiess Kain ihn weg und schrie: „Hast du den Verstand verloren? Willst du dich über mich lustig machen? Willst du mich verspotten? Wir haben alle Wüsten durchquert, wir haben Qualen, Hunger und Durst gelitten und sollen nun ohne einen Mufflon in die Oasen zurückkehren? Mit leeren Händen? Geh! Hau ab!" Seine Augen lagen tief in den Höhlen und wirkten so noch brutaler, noch erbarmungsloser. Er ging zum Zelt. „Du solltest lieber diesem Unglückseligen entlocken, wo er seine Kamele versteckt hat, statt hier herumzufaseln", rief er und fuhrwerkte einige Augenblicke bei den Näpfen herum. Dann kehrte er bleich zum Sandplatz zurück. Seine Wangen waren noch eingefallener, wodurch die Augäpfel hervortraten. In seinem Blick lag ein Leuchten, das Massûds Angst noch verstärkte. Er sah das Messer in Kains Hand blitzen, während der auf sein Opfer zuging.

Er rannte los und stellte sich ihm in den Weg. „Was tust du da, Kain", flehte er. „Du hast einen Sonnenstich. Das beste ist, wir gehen sofort. Ich ..." Er schluckte mit Mühe und fügte, vor seinem Freund auf die Knie fallend, hinzu: „Ich weiss, wo er seine Kamele versteckt hat. Wir gehen nach Massâk Mallat, nur wenige Kilometer von hier."

Kain lachte völlig gestört. „Ich brauche deine Kamele nicht mehr", fauchte er und fuchtelte wild mit dem blitzenden Messer in der Luft herum. „Ich habe mein Kamel. Ich habe mein Opfertier. Schau nur! Siehst du nicht den Mufflon, der dort hängt? Er ist der Mufflon. Warum habe ich das bloss nicht früher bemerkt? Wie blöd ich doch bin!"

Er schlug sich mit der Klinge des Messers gegen den Kopf. Taumelte. Massûd stellte sich ihm ein weiteres Mal in den Weg. Doch Kain stiess ihn mit Gewalt beiseite. Er stolperte ein paar Schritte zurück und verlor das Gleichgewicht. Fiel, stand aber sofort wieder auf. Er packte Kain am Hemd, das zerriss. Versuchte, ihm das Messer aus der Hand zu reissen. Da schlug Kain bestialisch nach Massûd, der aber im letzten Augenblick ausweichen konnte. Nur die Spitze des Messers verletzte ihn am Handgelenk. Blut quoll hervor und tropfte auf den durstigen Sand.

Zu Füssen Assûfs, der an der Felswand hing, blieb Kain stehen. Der Kopf hing dem Hirten auf die Brust, sein Gesicht war eingefallen, seine Lippen farblos, gerissen vom Durst und vom heissen Südwind. Er war ganz in die Felswölbung gepresst, eins mit dem Mufflon. Die Hörner des Tieres lagen wie eine Schlange um seinen Hals. Die Hand des verschleierten Priesters berührte seine Schulter, als segne sie die geheimnisvollen Riten.

Kain ging, um von der Westseite her den Felsen zu erklimmen. Massûd versuchte nochmals, sich ihm in den Weg zu stellen. Er breitete seine Arme aus, als wollte er ihn an seine Brust drücken. „Schwör dem Teufel ab und wirf das Messer fort!" murmelte er.

Kain fuchtelte drohend mit der Waffe. Massûd wich zurück. Kain kletterte von der weniger steilen Seite auf den Felsen. Lachte wild der Sonne ins Gesicht. Dann beugte er sich über den Kopf des gekreuzigten Hirten, packte ihn am Bart und durchschnitt ihm mit geübter Bewegung den Hals, geübt durch das Abschlachten aller Gazellenherden in der Roten Hammâda. Assûf schrie nicht und leistete keinen Widerstand. Massûd war es, der schrie, und die umliegenden Berggipfel warfen den Schrei zurück.

Die Dschinnenfrauen in den Höhlen erhörten die Klage. Der Berg spaltete sich, die Sonne verdunkelte sich, und die Ränder des Wadis verschwanden in den ewigen, unwegsamen Wüsten.

Der Mörder warf den Kopf auf eine Platte vorne am Felsen. Assûfs Lippen bewegten sich. Der Kopf, getrennt vom Hals, murmelte: „Nur an der Erde wird Adams Sohn sich satt essen." Die Blutfäden liefen auf die halb in der Erde vergrabene Steinplatte, auf der etwas in der geheimnisvollen Schrift der Tuareg geschrieben stand, jener Schrift, die den Zeichen auf den Amuletten der Zauberer von Kano gleicht:

Ich, Matchandûsch, der Grosse Priester, prophezeie den Generationen, dass die Rettung nahe ist, wenn der geheiligte Mufflon ausbluten und das Blut vom Felsen fliessen wird. Dann wird das Wunder geboren, das den Fluch hinwegwäscht. Dann wird die Erde rein sein, und die Flut wird über die Wüste kommen.

Das Blut lief weiter auf die in der Erde bewahrte Platte. Der Mörder bemerkte nicht, wie sich der Himmel verfinsterte, wie die Wolken sich vor die Sonne schoben.

Massûd sprang ins Auto und liess den Motor an. In diesem Augenblick schlugen grosse Regentropfen auf die Scheibe des Landrovers und wuschen das Blut des an der Felswand gekreuzigten Mannes weg.

Nachwort

Die Wüste ist in der modernen arabischen Literatur ein nicht gerade häufig verwendetes Sujet. Das mag Europäer überraschen, die mit der arabischen Welt, und rein flächenmässig haben sie da durchaus recht, sehr stark die Vorstellung von der Wüste verbinden. Doch da die Bevölkerung mehrheitlich nicht in der Wüste lebt, und zumal die Literaturschaffenden in erster Linie aus Dörfern oder Städten stammen und zum überwiegenden Teil in den Grossstädten beheimatet sind, ist Wüste eben kaum literarisches Thema. Höchstens dass einmal die Wüste als Metapher herangezogen wird, wie zum Beispiel im Roman *Gazellenmoschus* (1988; auf deutsch leider unter dem Titel *Im Bann der High-Tech-Harems* veröffentlicht, 1991) der Libanesin Hanan al-Scheich. Sie beschreibt darin die Existenz von vier Frauen in einem nicht näher bezeichneten arabischen Wüstenland, und sie beschreibt diese Existenz in jeder Hinsicht eben als Leben in der Wüste.

Nun hat aber eine markante Ausnahme von dieser Regel der Aussparung der Wüste aus der Literatur in den letzten zehn Jahren in literarisch gebildeten Kreisen der arabischen Welt von sich reden gemacht: der Libyer Ibrahim al-Koni (Ibrâhîm al-Kaunî), dessen Erzählungen und Romane und auch einige Essays in eine Region der arabischen Welt führen, die den allermeisten Arabern ebenso unbekannt ist wie den Europäern: die von Tuaregstämmen bewohnte Wüste im Südwesten Libyens.

Ibrahim al-Koni schreibt in diesen Romanen, Erzählungen und Essays über seine Heimat. Er ist 1948 zur Welt gekommen und in der Wüstenregion zwischen Ghat und Mursuk aufgewachsen. In Oasen Südlibyens ist er zur Schule gegangen.

Danach war er einige Zeit als Journalist tätig, bevor er zum Studium ans Gorki-Institut nach Moskau ging, wo er eine Ausbildung in Literatur erhielt – von „westlicher/europäischer Politur“ spricht ein arabischer Kritiker. Danach arbeitete er wiederum viele Jahre lang als Journalist, und zwar im Rahmen der Kulturabteilung der libyschen Botschaft, in Warschau und in Moskau. Seine Kenntnisse der Weltliteratur hat er sich weitgehend auf russisch angeeignet. Seit einigen Jahren wohnt er in der Schweiz, in der Nähe von Thun, und ist in Bern beim Pressedienst der Botschaft tätig.

Jene Wüstenregion in ihrer Kargheit und Mächtigkeit, mit ihren weiten Ebenen und tiefeingeschnittenen Wadis, ihren scharfen Steinen und weichen Sanden ist Ibrahim al-Konis literarischer Ort, als Realität und als Lebenswelt von Menschen und Tieren, als Symbol und als Mythos zur Darstellung menschlicher Existenz und schliesslich als „Vorratskammer“ reicher Traditionen, die sich aus verschiedensten Quellen speisen. Diese Traditionen bereichert al-Koni durch Motive und Mythen aus dem Alten Testament, aus der klassischen europäischen Literatur, aus der Weltliteratur des zwanzigsten Jahrhunderts und durch Zitate aus dem Schrifttum westlicher Orientalisten.

Es sind aber nicht ausschliesslich Menschen, die Gegenstand seiner Darstellungen werden. Auch Tiere gehören zur Welt al-Konis, viele Tiere, solche mit einer mythischen Aura – Gazellen, Kamele, Mufflons – und solche, die dem täglichen Überleben der Menschen dienen – Ziegen in erster Linie. Was al-Koni dabei besonders interessiert, ist das Verhältnis zwischen Mensch und Tier und zwischen Menschen und Tieren, zumal in seiner Gestörtheit. Tiere sind hier nicht Gegenstand naturwissenschaftlicher oder gar romantisierender Beschreibung. Ihn interessiert die Möglichkeit des Zusammenlebens von Kreaturen sehr verschiedener Art. Sein Werk erhält somit eine starke ökologische Tendenz, etwas, was in neuester Zeit auch in arabischer Literatur aus städtischer Umgebung nicht selten zu finden ist.

Besonders deutlich wird dieser Aspekt in seinem Roman *Blutender Stein* aus dem Jahre 1990. Es ist ein Roman über die Einsamkeit des Menschen und gleichzeitig über die Folgen des gestörten Gleichgewichts der Kräfte von Mensch und „Natur". In einer Umgebung, die teils realistisch, teils fantastisch, teils mythisch und teils historisch ist, werden die Auswirkungen menschlicher Fleischfressersucht auf den Tierbestand der Wüste gezeigt und mit den oft tabugesteuerten Vorstellungen von Mässigung bei den Beduinen kontrastiert.

Der Roman, der sich moderner Techniken bedient – beispielsweise der Manipulation der Erzählperspektiven, der Mischung unterschiedlicher Stilarten und „kleiner Formen", der Auflösung chronologischer Abfolge von Vorgängen –, umfasst die Lebenszeit einer Person, deren Dauer durch die Landung der Italiener in der Cyrenaika (1911) und die Einrichtung amerikanischer Basen ab Mitte der fünfziger Jahre angedeutet ist. Als kleiner Junge hört Assûf, die Hauptfigur, von der Landung der Italiener. Einmal wird er in einer Oase zwangsrekrutiert, kann aber zurück in die Wüste fliehen. Schliesslich muss er miterleben, wie mit gewissen von Amerikanern ins Land gebrachten Errungenschaften wie Landrover und Schnellfeuergewehr die Gazellenbestände innerhalb kürzester Zeit drastisch dezimiert werden. Er selbst, Assûf, lebt mit der kärglichen ihn umgebenden Natur in einer Harmonie, die vom Autor mitunter mit Elementen des Surrealistischen oder des Phantastischen dargestellt wird, welche sich aus bestimmten in der Region beheimateten religiösen Vorstellungen speisen. Da beispielsweise, wo Assûf die Flucht vor den Italienern durch Verwandlung in einen Mufflon gelingt, weswegen er den Sufischeichs in den Oasen als Heiliger gilt, oder dort, wo er in den Augen eines Mufflons die Augen seines toten Vaters sieht.

Doch die Gefrässigen „aus dem Norden" – wohlgemerkt Araber, keine Europäer – töten in ihrer Gier nach Mufflonfleisch Assûf, da sie – Fortführung und Umkehrung des Reinkarnationsmotivs – in ihm einen Mufflon zu sehen glauben. Einer von ihnen namens Kain (al-Koni holt sich so manches Motiv aus der Bibel) kreuzigt ihn über dem Steinrelief eines „heiligen Mufflons", vor dem Assûf immer sein Gebet, von ihm als islamisches verstanden, verrichtet hat.

Die Religion nämlich setzt sich in jener Region, und das zieht sich durch alle Werke al-Konis, aus Elementen sehr verschiedenen Ursprungs zusammen. Die Gebiete, die sich hier zu einer von Tuaregstämmen bewohnten Kulturregion verbinden, reichen von Ghadames bis Timbuktu, vom Dschebel Nafûssa bis Agades und verteilen sich heute auf Libyen, Algerien, Mali, Niger und Nigeria. Man versteht sich als Muslim, lernt Teile des Korans, betet. Doch das Gebet wird vor dem „heiligen Mufflon" oder dem ebenfalls in Stein gehauenen Grossen Priester verrichtet. Der „Seminaristenislam" hat hier, in der Welt Ibrahim al-Konis, wenig Rückhalt, dafür verschiedene islamische Orden, besonders der Tidschanîja- und der Kadirîja-Orden. Schutz vor Naturgewalten oder den Dschinnen wird von Talismanen und Amuletten erhofft, die die Zauberer und Wahrsager in Kano oder in Timbuktu herstellen und die Händlerkarawanen durch die Wüste transportieren. Doch, wie es einmal heisst, auch die besten Amulette der Zauberer von Kano können nichts gegen das vorherbestimmte Schicksal ausrichten! Heidnisches und Islamisches verschmelzen so zu einer Weltanschauung eigener Prägung, die gewissen

Schriftgelehrten ein Greuel sein muss. Auf der anderen Seite bleiben dann, zu Assûfs Überraschung, die wenigen europäischen Besucher vor den uralten Höhlen- und Wandmalereien ehrfürchtig stehen „wie die Muslime vor Gott".

In einem anderen Roman ebenfalls aus dem Jahre 1990, *Der Goldstaub,* geht Ibrahim al-Koni noch einen Schritt weiter in seiner Darstellung des Verhältnisses zwischen Mensch und Tier. Das Tier ist hier ein edler Kamelhengst, ein Mehri, für den sein Besitzer sogar Frau und Kind aufgibt. Er löst das in Notzeiten verpfändete Kamel aus, indem er seine Frau an Zahlungs Statt gibt. Da er für diesen Handel zur Belohnung noch ein Kästchen mit Goldstaub erhält, verbreitet sich das Gerücht, er habe seine Frau für Geld verkauft. Gold als Fluch und Unheilbringer ist ein wiederkehrendes Thema in al-Konis Werk.

All diese Themen – das Verhältnis zwischen Tier und Mensch, die Härte des Wüstenlebens, die Einsamkeit des Menschen dort, die Freiheit, die zerstörerische Wirkung des Geldes, der religiöse Synkretismus, die Schönheit der Gazellen, die geheimnisvolle Kraft des Mufflons – all diese Themen finden sich in al-Konis Werken in verschiedensten Variationen, und seine Kurzgeschichten oder Erzählungen erscheinen wie Vorstudien, wie Skizzen für die grossen Romane, von denen einige mehrbändig sind.

So beispielsweise *Die Magier,* ein etwa siebenhundertseitiges Epos über die ideologischen und theologischen Auseinandersetzungen zwischen Sufis (Mystikern) und Rechtsgelehrten, zwischen diesen und den Götzenanbetern, über soziale und tribale Kämpfe. Es gibt da Wahrsager, Magier und Priester, Menschen, „die das Verborgene kennen", und Tiere, die miteinander streiten. Und schliesslich auch Gold, wieder Gold, das alles kaputtmacht.

Mit all diesen Werken schreibt al-Koni nicht einfach „nur" moderne Literatur. Er nimmt auch altarabische Traditionen wieder auf, etwas, was von arabischen Kritikern mit besonderem Interesse beobachtet wird. Er arbeitet dabei aber nicht einfach nostalgisch imitativ, sondern bedient sich gewisser Themen, um sie zu ironisieren, sie auch umzukehren. In *Der Goldstaub* zum Beispiel entspricht die Darstellung des Verhältnisses zum Kamel nicht der aus der vorislamisch-arabischen Poesie bekannten. Dort – bei Dichtern wie Imrulkais, Tarafa, Labîd, die einen wichtigen Platz im Kanon der „klassischen" arabischen Poesie einnehmen – stellt das Kamel, das edle Reitkamel beziehungsweise die Reitkamelstute, erst durch die Beschreibung, dann durch den Ritt die Verbindung zur Geliebten her. Bei al-Koni ist das Gegenteil der Fall: das Kamel wirkt trennend. Es bringt den Mann nicht zur Geliebten, sondern der Mann wird vor eine Alternative gestellt – Geliebte oder Kamel, Mensch oder Tier –, eine Alternative, die durchaus tragische Züge annimmt.

Es ist also alles andere als orientalisierende Wüstenidylle, was al-Koni zeichnet. Es ist die Auseinandersetzung mit einer im Verschwinden begriffenen Lebenswelt und Lebensweise und deren literarische Verwendung zur Darstellung menschlicher Befindlichkeiten.

Hartmut Fähndrich

PS. Zur Erleichterung der Aussprache arabischer Namen wurden in der Übersetzung betonte lange Silben mit einem Zirkumflex (^) versehen.

aṣ-Ṣalât ḫâriǧ niṭâq al-auqât al-ḫamsa
(„Das Gebet ausserhalb der fünf Gebetszeiten", Erzählungen) 1974

Ǧur'a min dam
(„Ein Schluck Blut", Erzählungen) 1983

Šaǧarat ar-ratam
(„Der Ginsterbusch", Erzählungen) 1986

Rubâ'îyat al-ḫusûf
(„Quadrilogie der Mondfinsternis", Roman in vier Bänden) 1989
al-Bi'r („Der Brunnen")
al-Wâḥa („Die Oase")
Aḫbâr aṭ-ṭûfân aṯ-ṯânî („Nachrichten von der zweiten Sintflut")
Nidâ' al-waqwâq („Der Ruf des Kuckucks")

at-Tibr
(„Der Goldstaub", Roman) 1990

Nazîf al-ḥaǧar
(„Blutender Stein", Roman) 1990

al-Qafaṣ
(„Der Käfig", Erzählungen) 1990

al-Maǧûs
(„Die Magier“, Roman in zwei Teilen) 1990

Dîwân an-naṯr al-barrî
(„Diwan der wilden Prosa“, Erzählungen) 1991

al-Wâqi' al-mafqûda min sîrat al-maǧûs
(„Die verlorene Wirklichkeit der Geschichte der Magier“, Erzählungen) 1992

Ḫarîf ad-darwîš
(„Der Herbst des Derwischs“, Roman – Erzählungen – Mythen) 1994

as-Saḥara
(„Die Zauberer“, Roman, erster Teil) 1994